DEERBOOK
鹿　书

MAGGIE O'FARRELL

我 存 在

十七段与死亡擦肩而过的经历

I Am, I Am, I Am

[英] 玛姬·欧法洛 著

刘雅娟 译

Seventeen Brushes With Death

A Memoir

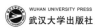
WUHAN UNIVERSITY PRESS
武汉大学出版社

献给我的孩子们

在某些情况下，为了保护那些可能不想被写进这本书里的人的隐私，我对书中涉及的人名、外貌及地点做了改动。

本书的某些章节最早以其他形式见于以下出版物：

《女儿》的部分内容，刊于 2016 年 5 月的《卫报周末版》杂志

《婴儿与血液》的部分内容，刊于 2007 年 2 月的《好管家》杂志

《腹》的部分内容，刊于 2004 年 5 月的《卫报》

目 录

我深深地吸了一口气，倾听心脏

一如既往的吹嘘。我存在，我存在，我存在。

——西尔维娅·普拉斯 [1]，《钟形罩》

1　西尔维娅·普拉斯（Sylvia Plath，1932—1963），美国女诗人。《钟形罩》（The Bell Jar）是她的自传体长篇小说。上述引文摘自《钟形罩》，杨靖译，译林出版社，2013 年。

脖子

1990

山路的前方，一个男人从一块巨石后走了出来。

一片黑沉沉的湖，隐在这座山像碗一样的峰顶，我们，他和我，就远远地站在湖的另一边。我们的头顶是一片乳蓝色的天空；这里海拔很高，没什么植被覆盖，所以只有我和他，石头，还有静静的、黑黑的湖。他穿着一双靴子，两只脚横跨在狭窄的小路的两边，他笑了。

我意识到几件事。我记起早在下面的山谷里时，我就曾经从他身边经过。我们打了个招呼，就像走在乡间散步的人，亲切友好而简短地问候彼此。我意识到，在这条偏僻的小路上，附近不会有人听到我的呼喊。我意识到，他一直在等着我：他谨慎而周密地计划了这一切，而我已经走进了他的陷阱。

就在那一瞬间，我看清了这一切。

这一天——我差点死掉的这一天——我很早就起了，天刚蒙蒙亮，我放在床边的闹钟一跃而起、丁零起舞。我只得穿上工作服，出了房车，轻手轻脚地走下几级石阶，来到一间空无一人的厨房，我一一打开烤箱、咖啡机和面包机的开关，用面包机烤好五大条面包，把它们切成片，然后给水壶灌满水，又把四十张餐巾纸叠成绽开的兰花形状。

我刚满十八岁，开始了一场逃亡。我逃离了一切：家、学校、父母、考试、等待结果的日子。我找到了一份工作，远离了所有认识的人，工作地点位于某个山脚下，那里被广告宣传成了"另类全景度假胜地"。

我负责招待吃早餐的客人，收拾餐盘，擦桌子，提醒他们记得把钥匙留下。然后我走进房间，整理床铺，换床单，打扫房间。我捡起地上的衣服、毛巾、书、鞋子、香精油和冥想垫。这些散落在卧室里的物品让我明白，人们并非总是像他们看起来那样。喜好说教、要求严苛、坚持要坐在指定席位、坚持只用某一款特定的香皂、坚持喝脱脂牛奶的男性，却对云朵一般柔软的羊绒袜和花纹繁复的真丝内衣情有独钟。用餐时衬衣扣子扣得一丝不苟、眉眼低垂、烫着大波浪卷发的女士，在夜间却仿佛变身为另一个人，会穿上马术风 SM 套装：给人用的嚼头、小小的皮革马鞍、细长却凶猛的银鞭。还有一对来自伦敦的夫妇，看起来非常完美，完美到令人艳羡——他们会挽着对方精心修剪过指甲的手去吃晚餐，在黄昏时有说有笑地散步，还给我看了他俩婚礼上的照片——但他们住的屋子却充满了哀伤、渴望和悲痛。排卵试纸杂乱无章地散落在浴室的架子上。生育药物堆满了他们的床头柜。这些我都没有碰，就好像我可以透过这个细节告诉他们，我没有看到这些东西，我不清楚，我什么也不知道。

整个上午，我都在检查、整理、抚平别人的人生。我清理人们活动的轨迹，清理他们吃饭、睡觉、做爱、争吵、洗漱、穿衣、看报的所有迹象，清理他们掉的头发、皮屑和胡楂，清理他们流的血和剪下的脚指甲。我在走道里推着真空吸尘器清理灰尘，身后拖着长长的电线。然后，要是我足够幸运，能在午餐前后忙完这些，我就可以在晚上换班前拥有四小时的自由活动时间。

于是我步行去了湖边，不用上班的时候，我经常去那儿，今天，出于某种原因，我决定走小路直接绕到另一边。为什么这样做？原因我忘了。也许那天我做事比平时快，也许客人没有像往常那样把房间弄得很脏，让我得以提前完成工作，离开旅馆。也许是阳光明媚的晴朗天气诱使我选择了不同于以往的另一条路。

在我人生的这个阶段，我没有理由去质疑乡村的安全性。我的青少年时期都在苏格兰海边的一个小镇上度过，社区中心开办过自我防卫课程，我去听了。授课老师是一位穿着柔道服的水桶身形男性，他常津津有味地以一种耸人听闻的方式向我们描述某些哥特式情景。眉毛异常浓密的他一边逐一打量我们，一边说道：深夜，你走出一家酒吧，突然一个块头很大的家伙从巷子里猛冲过来，抓住了你。或者是：你走在夜店狭窄的走道里，某个醉汉把你推到了墙上。又或者是：天黑了，雾蒙蒙的一片，你在等交通信号灯变绿，突然有个人抓住了你的包带，把你推倒在地。这些危险情境的叙述往往都导向同一个问题，他会用略带幸灾乐祸的口吻问我们：那么，你会怎么办？

我们练习反转肘部，去攻击想象中的袭击者的喉咙，边做边翻白眼，因为我们毕竟只是一群十几岁的女孩子。我们轮流演练，用尽全力喊出最大的声音。我们乖乖地、麻木地复述着男性身上的那些脆弱部位：眼睛、鼻子、喉咙、裆部、膝盖。我们相信自己掌握了自卫的技巧，相信自己可以应对潜伏的陌生人、醉酒的袭击者、抢包的歹徒。我们坚信自己可以挣脱他们的钳制，可以进行反击，可以用指甲抓伤他们的眼睛；在这些惊心动魄却莫名刺激的情境下，我们觉得自己可以找到逃生口。老师告诉我们要去制造噪声，去吸引注意，去大叫"警察"。我想，我们还被灌输了一条明确的信息。巷子、夜店、酒吧、车站、交通信号灯：危险存在于城市。而乡村，或是像我们这样的郊区城镇——没有夜店，没有巷子，甚至也没有交通信号灯——这里不会发生那样的事。我们可以自由地做自己想做的事。

然而此刻，我的面前却站着这样一个男人，在这高耸的山顶，挡住了我的去路，等着我。

看来，重要的是不能让他看出我很害怕，不能让他看出我是独自一人。所以我继续走着，继续一步一步、一脚接着一脚地向前走着。如果此刻我转身逃走，只消几秒钟，他就能抓住我，而且逃跑会过于暴露自己，也会让我显得如此慌不择路。逃跑会让我们两人明白各自的处境，它会使事态进一步恶化。唯一的选择似乎就是继续往前走，假装我所面对的这一切再正常不过。

"又见面了。"他对我说，他的目光滑过我的脸庞，我的身体，我裸露在外、沾着泥点的双腿。这是一种估量大于好色、计算大于情欲的目光：这是老谋深算的男人才会露出的神情。

我无法与他对视，我无法直视他，我做不到，不过我还是瞄见了狭长的双眼、可观的身高、象牙色的门牙、握着背包肩带的拳头。

我只得清了清嗓子说："嗨。"我想我点了头。我侧过身子，好从他身边经过：新鲜的汗味，双肩背包的皮革味，某种化工味很重的剃须精油味，这些味道糅杂成一种浓烈的气味，让人恍惚觉得有点熟悉。

我从他身边经过，离他越来越远，我眼前是开阔的山路。我注意到，他是特地选择埋伏在山顶：我不停地爬啊爬，爬到这里我就会开始下山，回到我的旅馆，去上晚班，去工作，去生活。从这里开始就全是下坡。

我小心翼翼地迈出自信而坚定的步伐，不让自己露怯。我压下脉搏里海浪般的轰鸣声，对自己说道：我不害怕。我想，也许我是自由的，也许我误解了当前的处境。也许在偏僻的小路上等待年轻的女孩子经过然后放她们走是再正常不过的事。

我十八岁了。刚满。我几乎一无所知。

但我知道，他就在我身后。我能听到他靴子踏在地上的声音，走起路来裤子面料发出的沙沙声——那是某种透气的、一年四季都可以穿着的布料。

他又过来了，他走到了我旁边。他离我很近，显得一副和我很亲密的样子，他的胳膊碰到了我的肩膀，就像朋友一样，就像我和同学们一起从学校走回家那样。

"天气真好。"他看着我的脸。

我低着头。"是的，"我说，"没错。"

"可真热。我可能去游个泳。"

当我们飞快地并排走在小路上时，我发现他讲话有些奇怪。他的单词发音总是出来一半就戛然而止；r 发得很轻，t 又发得太重，整体语气平淡到近乎呆板。也许他这个人有点"神经兮兮"，就像他说话一样，就像从前住在我们家那条街上的某个男人一样。自从战争以来，那个男人从来不往外丢东西，他家前院就像睡美人的城堡，爬满了常春藤。我们曾经试图辨认叶子底下盖住的到底是什么东西：汽车？篱笆？还是摩托？他戴着一顶针织帽，穿着带图案的背心和曾经很时髦、如今快要穿不下的西装，西装上还沾了些猫毛。如果碰上下雨，他就把塑料垃圾袋挂在肩上。有时候，他用有拉链的袋子装来一包小猫咪，带给我们玩；其他时候，他总是喝得醉醺醺的，气势汹汹，眼神凶狠，咆哮着说明信片丢了，这时候我的母亲就会拉住他的胳膊，把他引回家。她对我们说："待在那里，我很快就回来。"然后她就和他一起沿着人行道走远。

我感到一阵轻松，我想，也许这也是那么回事。眼前的这个男人可能就像我们的老邻居一样：古怪、反常。那位邻居去世已久，他的房子被打扫得干干净净，常春藤也被砍下来，烧了个精光。也许我应该友善点，就像我的母亲那样。我应该富有同情心。

于是，在我们一起飞快地走在湖边的时候，我转过身子面朝着他。我甚至露出了微笑。

"游泳，"我说，"听起来不错。"

他把他的双筒望远镜的挂绳套在了我的脖子上——这是他的回应。

大约一天之后，我走进了附近镇上的警局。我等在队列里，听着人们跟警察说自己丢了钱包，说看到流浪狗，说车被刮花了。

柜台后的警察听了我的描述，头歪向一边。"他对你造成伤害了吗？"这是他第一次发问。"这个男人，他碰你了吗？打你了吗？侵犯你了吗？他做了什么出格的事，说了什么出格的话吗？"

"没有，"我说，"不是这么回事，但是——"

"但是什么？"

"他本来是要那么做的，"我说，"他打算那么做。"

那警察上下打量着我。当时我穿着打了补丁的短裤，耳朵的软骨上戴着很多银环，脚上是破破烂烂的球鞋，T恤上印着一只渡渡鸟的图片和一行字："你看到这只鸟了吗？"我有一头像鬃毛——真的没有其他词可以形容了——一样的头发，以前有位祥和的荷兰女士，她带着竖琴和针织工具箱旅行时住过我们的旅馆，她帮我在头发里编上了珠子和羽毛。我看起来就是我应该有的样子：一个年轻人，头一回独自生活，住在房车里，住在森林里，住在偏僻的地方。

"所以，"那警察说着，重重地往文件上一靠，"你去散步，碰到一个男人，跟他走了一段，他有点古怪，但是之后你就安全回家了。这都是你跟我说的吧？"

"他把，"我说，"他把双筒望远镜的挂绳套在了我的脖子上。"

"那然后呢？"

"他……"我顿住了。我恨眼前这个眉毛浓密、挺着啤酒肚的男人，连他粗短的手指都透着一股不耐烦。也许，我对他的恨比对湖边那个男人的恨还要多。"他让我看湖里的鸭子。"

警察甚至没想掩饰他的笑。"好的。"他说着，砰的一声合上了他的本子。"听起来真吓人。"

我要怎么和警察说，说我能感受到那个男人身上散发出来的暴力冲动，就像石头传来的热量？我一遍又一遍地回想起在警局柜台前的那个时刻，我问自己，我当时是不是本可以采取别的行动，是不是本可以换种能改变之后发生的事情的说辞？

我本可以说：我要见你们的上司，我要见你们的负责人。现在四十三岁的我会这么做，但当时呢？不可能的。

我本可以说：听我说，那个男人虽然没有伤害我，但他可能会伤害别人。请在他真的出手前找到他。

我本可以说，我能凭直觉判断暴力何时会发生。长久以来，我似乎总能激起别人施暴的欲望，至于原因，我永远也说不清。如果你是一个孩子，你被什么东西击中，或是被别人打了，那么你永远也忘不掉你的无力和脆弱，你也就会明白，只需一眨眼、喘口气的工夫，事态便有可能急转直下，由好变坏。那种对暴力的敏感就像一个抗体，流淌在你的血管里。你很快就学会了如何识别这些突然朝你袭来的行为：通过空气中独有的声波和震颤。你长出了侦测暴力的触角，并且反过来用它规避暴力。

我就读的学校似乎就是个暴力行为泛滥的地方。恐吓，像烟雾一样，充斥在走廊里，大厅里，教室里，还有课桌和课桌之间的走道里。有人被打头，有人被揪耳朵，粉笔擦扔出去后，总能准确地把人砸得生疼；有一位老师，他总是拎起那些他不喜欢的学生的裤腰带，再把他们扔到墙上。我仍然能回想起孩子们的脑袋撞在维多利亚式瓷砖上的声音。

最最调皮捣蛋的男生会被送去女校长那儿挨藤条。女生则会被橡胶底帆布鞋抽打。我以前经常看着我的那双鞋——黑色的帆布鞋，前脚掌有马蹄形的松紧带，我们在体育馆里会穿着它爬上鞍马——尤其是它们浅灰色的波纹鞋底，想象着橡胶抽打在裸露的皮肤上所带来的冲击。

女校长是让人敬畏又害怕的存在。她的脖子青筋暴起，双手像鸟的爪子一样。她用一根银色的别针将头巾串在毛衣上。她的办公室有着深色的墙壁，铺着酒红色的地毯。每当我被叫去展示分级读本的阅读技巧时，我就会低头看着地毯，想象着自己站在那里，掀起自己的短裙，听天由命，做好被打的准备。

当然，暴力行为也渗透到了学生之中。擒拿手[1]尤为盛行，你会发现，人的小臂皮肤可以像一块湿布一样被拧成一团，活像椭圆形。抓头发、踩脚趾、锁头、拧手指：小霸王们总能源源不断想出非常多的霸凌方式。我很不幸，我是外地口音，在还没有去那里上学前就能够阅读，我还被告知，我的外貌异于常人、令人反感、让人难以接受，我的裙子裁裁补补太多次，我身体不太好，缺了很多课，每当被叫到发言时都是磕磕绊绊的，我穿的鞋子不是漆皮的，等等。我记得班上有一个男生，他把我堵在砖砌的防空洞后面，一言不发地用力扯我背心裙的带子，直到带子勒痛我的腋下。他和我事后都没有再提起这件事。我还记得一位年纪大些的女生，她有着油亮亮的深色刘海，每当我想到她，就想起她从玩耍的人群中冒了出来，将我的脸按在树皮上摩擦。我上中学的第一个学期，一次化学课中途，一个十二岁的光头仔一拳打在了我的脸上。如果我伸出舌

1　原文为 Chinese Burn，这种动作就像拧毛巾，双手握住对方的手腕或胳膊，同时向相反方向拧，把对方皮肤拧到几乎裂开，留下一圈紫瘀。此处做了一定程度的意译。

尖去摸索我的上唇，我仍然可以感觉到伤疤的存在。

　　所以，当那个男人嘴上说什么要给我看一群绒鸭，把双筒望远镜的挂绳套在我的脖子上时，我就知道接下来会发生什么。我能嗅到某种气息，我几乎能感受它就在那儿，在我们之间的空气里，变得越来越浓、越来越明显。这个男人和那些校园恶霸一样，因为厌恶我的口音，或是我的鞋子，或是天知道什么东西——我早已不再关心——于是打算伤害我。他有意造成伤害，让我大祸临头，而我对此却无能为力。

　　我决定，这场观鸟游戏，我一定会奉陪到底。我知道，这是我唯一的希望。你不能跟恶霸对着干；你不能大叫着让他们滚出去；你不能让他们知道，你早已看清了他们的本质。

　　我飞速从望远镜里看了一眼。我说，噢，是绒鸭，天呐。然后我立刻弯下身子走开，从挂绳形成的闭环里抽离了出来。他跟在我身后——这还用说吗——我们之间的距离仅仅是那条黑色皮革挂绳的长度，他想要再次套住我，但这次，我正对着他，我对他微笑，滔滔不绝地说着绒鸭，说它们好有趣，鸭绒被以前是用它们的羽毛做的吗？这就是它们被叫作绒鸭的由来吗？鸭绒被里面是不是填满了绒鸭的羽毛？是吗？多么迷人啊。再给我讲讲吧，把你知道的关于鸭子、关于鸟类、关于观鸟的一切都告诉我，天呐，你懂的可真多，你一定经常去观鸟吧。是吗？再给我讲讲，讲讲你曾经见过的鸟里面最特别的，我们边走边说吧，你看，这可真不是时候，我得走了，我得下山，因为待会儿就轮到我上班了，是的，我就在这里工作——你看到那些烟囱了吗？就是那里。很近吧，对吧？有人在那里等我。有时候，如果我迟到了，他们还会出来找我，是的，我老板，他会在那里等着。他也总是来山上散步，所有员工都是，他知道我在外头，他当然知道，他还知道我具体会去哪里，我自己跟他说的，这会儿他随时会出来找我，他可能会出现在那个拐角。当然，我们可以往这边走，不如我们一边走，你一边再跟我说说观鸟的事，是的，请跟我说说吧。我很想听，但我真的得赶紧了，因为他们都在等着呢。

两个星期后，一辆警车沿着蜿蜒的小路开到了旅馆，从车上下来了两个人。我当时正在楼上，忙着把枕芯塞进枕套，我透过窗户看到他们。我立刻就明白了他们来这里做什么，为什么会来，于是在听到别人叫我的名字之前，我就走下楼梯去见他们了。

这两位警察和警局里的那位完全不一样。他们穿着制服，看起来严肃而专注。他们给我的老板文森特出示了警徽和文件，平静的面孔带着训练有素的中立。

他们说想要跟我单独聊一聊，于是文森特把他们领到了一间没人住的房间。文森特也跟着我们一起进了房间，他是个好人，我只比他自己的孩子大几岁——你在后院的草坪上都能听到他孩子的哭喊声。

我坐在那天早上我整理好的床上，男警官坐在装饰用的柳木桌上，一些客人会在这张桌子上喝早茶；女警官坐在我旁边的床上。

文森特在后头走来走去，疑神疑鬼地嘟嘟囔囔，他一会儿假装去调整挂在窗边的水晶，一会儿去擦拭壁炉架上并不存在的灰尘，一会儿用火钳去拨弄炉膛里的火苗。文森特曾经是鼓吹爱与和平的嬉皮士[1]，是海特-阿什伯里的幸存者[2]，他对他口中的"警员"没什么好印象。

警察没管他，他们表现得彬彬有礼，注意力都集中在我身上。女警官告诉我，他们对我最近散步时遇到的一个男人很感兴趣。她问我能不能跟他们说说具体发生了什么。

于是我说了起来。我从头开始说起，说我在远足的早些时候从他旁边经过，说他明明与我相向而行，结果又不知为何出现在我的前头。"我不知道他是怎么做到的，"我说，"因为那

---

1 原文为 Flower Child，直译过来即"花的孩子"，最初是嬉皮士的同义词，尤指 1967 年聚集在旧金山及其周边地区，怀有理想主义的年轻人。他们穿着花卉图案的衣服，戴着花卉主题的饰品，向大众分发鲜花，以传递归属感、爱与和平的思想。大众媒体接受了这个说法，并用它来指代广义上的嬉皮士。

2 海特（Haight）和阿什伯里（Ashbury）是旧金山两条街道的名称，嬉皮士喜欢在两条街道的交汇处聚会。1967 年年中，超过十万人聚集在这里，形成了一种被称为"爱之夏"的社会现象，它表达的内容涵盖了嬉皮音乐、毒品、反战及自由恋爱。之后，因为毒品的滥用和缺乏警察的管束，这片地区不断衰落，直到 20 世纪 70 年代才有所好转。

里没有小道，至少没有我知道的。"他们时不时地点着头，用恰到好处的专注神情听我讲述，鼓励我继续说下去。他们的目光从来没有从我脸上移开过：他们全神贯注地看着我。当我讲到双筒望远镜挂绳的时候，他们不再点头了。他们盯着我，两人都是，他们的眼睛眨也不眨。这是一个让人觉得血液近乎停滞的古怪时刻。我觉得我们所有人都屏住了呼吸。

"双筒望远镜的挂绳?"男警官问道。

"是的。"我说。

"他把挂绳套在了你的脖子上?"

我点了点头。他们移开了视线，又看向了地面；女警官在她的笔记本上记下了什么。

她递给我一个文件夹，问我愿不愿意看几张照片，告诉他们那个男人是否在其中。

这时候，我老板插话了。他没法再沉默了。"你什么也不用说，你知道的，你不用。她什么也不用说。"

女警官抬起手去安抚他，就在这时，我的食指落在一张照片上。

"就是他。"我说。

警察们看了看。女警官又在笔记本上写下了什么。男警官跟我道了谢，然后拿走了文件夹。

"他杀了人，"我对他们说，"是不是?"

他们彼此交换了一个别人看不懂的眼神，但什么也没说。

"他勒死了一个人。用他的双筒望远镜挂绳。"我的目光在他们两人身上来回游走，我们知道，我们都知道。"是不是？"

房间的另一侧，文森特温柔地咒骂起来。然后他走过来，把他的手帕递给了我。

死掉的那个女孩二十二岁。她是新西兰人，当时正和男朋友在欧洲做背包客。出事的那天，她男朋友因为身体不适留在了旅社，她则独自一人出门去远足。她遭受了性侵，然后被勒死，又被埋进了一个浅浅的坑里。三天后，她的尸体在离我之前走过的山路不远的地方被发现。

我之所以知道这一切，是因为在警察到访后的第二周，我在当地的报纸上看到了报道：当时警察不肯告诉我。我在一家报刊亭的橱窗里看到一条新闻标题，便走进去买了一份报纸，她的脸出现在报纸的头版上，正看着我。她有着一头浅色的头发，用一根带子绑在后面，她的脸上长着雀斑，露出大大的、真诚的笑容。

毫不夸张地说，我总是想起她，就算不是每一天，至少也是我人生中的大部分时候。我想到她的人生，被切断了，被剥夺了，被缩减了，而我的人生，不管是出于什么样的原因，却被允许继续进行。

我一直都不知道警方是否逮捕了他，也不知道他有没有被定罪、被判刑、被囚禁。在警察问话的过程中，我有一种很明显的感觉，我觉得警方已经对他有所察觉，他们已经逮捕了他，只是还需要我的确证。也许是 DNA 采样铁证如山。也许是他供认不讳。也许是还有其他的目击者，其他的受害者，其他差点失踪的人，他们在法庭上作了证：从来没人让我去作证，而且我怀疑，我太不成熟，也太震惊，以至于不敢去追究真相，也没法打电话去警局问他们：发生了什么？你们抓到他了吗？他被关起来了吗？事情过后没多久，我就离开了那个地方，所以我永远也不确定后来到底怎么样了。所有的这一切发生之后又过了很久很久，才来到信息传播全面而及时的时代。所以尽管后来我在网上多次搜索这次案件的相关消息，却怎么也找不到任何蛛丝马迹。

我不知道为什么他放过了我，却没有放过她。她慌了吗？她试着逃跑了吗？她呼救了吗？她是不是不小心让他意识到了自己是个怪物？

有很长一段时间，我都会梦到山路上的那个男人。他总是把自己伪装成不同的样子，出现在我的梦里，但始终都会带着他的双肩背包和双筒望远镜。有时候，在黑暗与迷茫的梦境中，我只凭这两样装备就可以认出他，我会想，噢，又是你，是吗？你又回来了？

这是一个很难用语言去讲述的故事，是的。实际上，我从来没有告诉别人，或者说，之前没有说过。事情发生的时候，我没有告诉任何人，包括我的朋友和我的家人：似乎很难将发生在我身上的这件事转换成正确的词语和句子。现在想来，我记得自己只告诉过一个人，就是最后和我走进婚姻殿堂的那个男人，而且是在我们认识多年以后，我才说起这事。那时候我们在智利，一天晚上，当我们坐在青年旅舍的餐厅里时，我和他说起了这事。他听完后，脸上的表情是发自肺腑的深深震惊，当时我就知道，我这辈子可能再也不会和别人口头说起这件事了。

　　不管是发生在那个女孩身上的事，还是差点发生在我身上的事，都很难用只言片语说清楚，也很难轻描淡写地将它编成一段轶闻，组织成顺口的固定说辞在餐桌上或是电话里不断地跟别人说起，让它在众人之间传播开来。相反，它是一个恐怖的、邪恶的、关乎我们最糟糕的想象的故事。它是一个被封印在万籁俱寂的无人到访之地的故事。在那条山路上，死神与我擦肩而过，它离我如此之近，我甚至可以感受到它的抚摸，但它抓住了另一个女孩，然后将她推了下去。

　　直到现在，我还是没法忍受别人碰我的脖子：我的丈夫不行，我的孩子不行，某位想要检查我的扁桃体的好心医生也不行。在还没搞清楚是怎么一回事之前，我就发自本能地躲开了。我也不能在脖子上戴任何东西。围巾、Polo衫的翻领、短项链、任何会压迫脖子的上衣或衬衫领口：所有的这些我都不行。

最近，我和女儿步行去学校的时候，她指着一座山的山顶。

"我们可以上去吗？"

"当然。"我说着，抬头看了眼绿色的山顶。

"就你和我吗？"

我沉默了一会儿。"我们可以一起去，"我说，"一家人一起。"

一向对他人的情绪很敏感的她，立刻就察觉到我在掩藏什么。"为什么不能就你和我两个人呢？"

"因为……其他人也想一起去呀。"

"可是为什么不能就我们两人去呢？

我心想，因为，因为我不知道该从哪里说起。因为我也说不清在角落里、在曲折的小路上、在巨石边、在森林枝叶交缠的深处，会有怎样的危险在等着你。因为你才六岁。因为外面的世界总有人想要伤害你，而你永远也不知道他们为什么要这么做。因为我还没想好该怎么和你解释这些事。但我一定会的。

肺

1988

天色已晚，接近午夜，一帮青少年在码头的尽头出没。这座小镇位于海湾的对面，光线沿着沙滩串成一条项链。港口是他们聚集的地方：在这里，无须事先安排，总能找到其他的同类。这个地方具有阈限性[1]，介于陆地和海洋之间，这里面似乎有些东西吸引了他们，特别是在夜里。

　　他们很晚才出来。他们觉得很无聊，这种精神萎靡的状态乃人生这个阶段所特有。他们十六岁左右。他们刚考完第一场大型考试，正在等待结果，等待夏天的结束，等待新学年的开始，等待未来的成形，等待轮到他们上班，等待游客离开，等待，等待。有些人在等待被剪糟的头发重新长出来，等待他们的父母准许他们开车，或是给他们更多的零花钱，抑或留意到

1　阈限性是文化人类学的概念。学界认为，阈限的时空具有模糊性、开放性、非决定性和暂时性的特征。

他们不开心，等待他们喜欢的男孩或女孩注意到自己，等待他们在唱片店预定的磁带到货，等待鞋子被穿坏，这样就有人给他们买新的，等待公交的到来，等待电话的响起。他们所有人之所以等待，是因为海滨小镇长大的青少年都是这样过来的。他们等待。等待一些事情的结束，等待一些事情的开始。

他们中有两人一起出去约会过，分手过，又复合。有些人会开车，有些还没开始学。有个人会抽烟，但他们大多不抽。他们不是学校里那些嗑药、酗酒或到处乱搞男女关系的人。

他们都做着各式各样的暑期工作，服务于那几个月里像鞋里的沙子一样拥堵在小镇上的游客。有两个男孩在高尔夫球场捡垃圾，有一个女孩在海边的货车里卖冰激凌。

我也是这些青少年中的一员。我晚上在一家高尔夫俱乐部当侍者。当我坐在那里，坐在港湾的防波堤凉爽的火山岩上，双脚悬在空中，我可以闻到头发上残留的旅馆的味道——香烟味、重新加热过的食物的味道、炸过薯条的油的味道、溅在我袖口上的啤酒的味道。餐饮、酒吧，还有其他人度假的味道。

当其中有一个女孩提议从防波堤上跳进下面的水里时，我并未因此感到特别不安。有好几次，我和其他人在一起时，已经能够感受到团体动向的转变，它在向一个危险的角度倾斜。如果有人提出一个大胆的想法，或是激怒别人，或是提议做一些危险的、违法的或两者兼而有之的事，那么这个夜晚肯定会偏离原有的轨道。要求我们跳到一艘缓慢行驶的货船上的女孩。爬到废弃的旋转木马的顶上，然后滑了一跤，余下的学期都要打着石膏度过的男孩。将点着的火柴丢进海滩上所有市政垃圾箱的女孩。还有卸下校长汽车轮胎且拿走挡风玻璃雨刮器的一对小情侣。

现在，我把这些事讲给我的孩子们听，他们瞪大了眼睛看着我。你那么做了？他们问。我说，不是我，是和我在一起的某个人。我告诉他们，等你们到了十几岁的年纪，跟朋友一起出去时，有人会提议要干件什么事，而你心里清楚那不是一个好主意，但你只有两个选择：要么加入，要么离开——人生总有这样的时候。要么随大流，要么和它对着干。大胆说出，大声说出，说，不。我觉得我们不该那么做。不，我不想这么做。不，我要回家了。

我从来没觉得放弃一个团体是多么难的一件事，也没觉得反抗领头的男性或女性有多难。我从来都不喜欢帮派，也不喜欢社交团体，更懒得融入其中。在我很小的时候，我就知道，小团体不是我的团体；他们也不是我的人。所以促使我在防波堤上伸展手脚，爬上去，然后站在从海上吹来的轻柔微风里说着"我愿意加入"的，并不是团体。

更多的，是想做点儿什么——随便什么事都行——的渴望，它将我从十六年来日复一日的平凡生活中拉了出来。将这一天与我所经历的枷锁般的无尽岁月区分开来。它是一种让自己浸泡在水里的渴望，一种面对另一种环境，面对防波堤底部黑暗的、不断变幻的形状的渴望：尽管我看不到，但我可以感受到水的深邃、它的巨大、它的冰冷、它散发出的静候一切的力量。我希望这可以洗去我身上残留的旅馆的气息，餐厅的气息，那些在我询问餐后甜点需要什么时在笑得花枝乱颤的太太们面前赤裸裸地打量着我然后说"那我就来点儿你吧"[1] 的丈夫们的气息。这是一份什么样的工作呢？你在下班之后浑身脏兮兮的，感到恶心，整个人散发着热油锅的臭味。当你给几位高尔夫俱乐部成员分发[2] 蔬菜时，他们的手抚上你的皮肤，你要拼尽全力才能忍住将手里拿着的叉子刺进他们粗壮手腕的冲动。主厨在干活时可能会将抹布随手一丢，接着对你摇起他的屁股，露出他在黑色的毛发丛中令人感到难堪的光秃秃的粉色阴茎，然后等着看你尖叫或大笑。经验丰富的侍者——不是暑期工，而是那些以此为生的全职员工——可以坦然地捡起一张餐巾纸，一把拍在阴茎上盖住它，然后说，把那家伙拿开，别调戏小姑娘。厨房门卫在得知你是素食主义者之后，可能会喜欢拿着一条带皮的牛尾四处晃荡，看到你在昏暗的室外将身子弯进冰激凌冷柜拿东西时，他会出现在你身后，用冰凉的、滑

1　原文为 "I think I'll have you"，此处为双关，另一层含义是："我想我会把你弄到手的。"
2　原文为 silver-serve，是一种上菜方式，侍者使用公用餐具，从大餐盘里将食物分发到每位食客面前的个人餐盘中。

溜溜的牛尾将你的手腕捆在一起。

推动着我起身的，正是所有这些事情以及更多类似的事情。十六岁时，周围的一切会让你感到如此焦躁不安，如此沮丧压抑，又如此心生厌恶，以至于你愿意在黑暗中，从可能有十五米高的地方跳下去，跳进打着旋的海浪里。

今夜的大海一片平静。闪着油光的浪花在我们下方平稳地翻腾。我脱掉了鞋子。我没有往下看。

下降的过程比你想象的要快。你能感受到一股气流，就好像一阵风涌进一扇突然打开的门，之后我就陷入了另一个世界，整个人被海水所吞没。

我的耳朵在咆哮，我的鼻子里灌满了水，我的嘴巴和眼睛因为盐分而感到疼痛，我的衬衫像翅膀一样漂浮在我周围。我肯定不是垂直落水，因为我身体的一侧正阵阵作痛。海水是黑色的：纯粹的黑，伸手不见五指、没有一丝光亮的黑。我睁开眼睛又闭上，没有任何不同，没有任何改变。

我还在下沉，不断往下，越来越慢，我觉得再过不了多久我就可以触到海底，我的双脚就可以踩在泥沙上，然后我就可以借力一蹬，把自己推上去、推回去，回到海面，回到我的朋友身边，回到我的生活里。

我感觉不到泥沙的存在。我蹬了一下脚，像芭蕾舞者一样绷直了我的脚趾——但还是什么都没有。我依旧在下沉，或者说至少我是这么觉得的。但我知道，这片海域不可能有这么深。

当我整个人泡在水里，我想起一些事。我的肢体协调性和空间方向感并不尽如人意。神经科医生之前也说过，孩提时代的一场疾病给我留下了后遗症，我大脑里与运动和平衡相关的部分受到了创伤。港口上头的那些人对此毫不知情：我搬来这里没几年，他们并没有看到我坐在轮椅上的样子，也不知道我从前是位需要被特别关照的残疾人。我有多项神经功能存在缺陷，其中之一就是感知事物在哪里、应该在哪里以及辨别我在其中的具体位置的能力。它被称为本体感觉[1]，这是我所缺少的能力，我失去了这种正常人不会特别注意到的功能，只能靠视觉线索去分辨事物。所以当我和别人讲话的时候，我没法分出心去伸手拿笔。我得停止说话，观察，指挥我的手，只有这样，我才能将笔拿在手掌里。不论出于何种原因，如果视觉线索中断，我就会感到困惑，我会无助，总之，我会茫然[2]。

这也就是为什么，如果我恰巧在深夜里掉进暗无天日的水中，我就会不知道哪个方向是往上的，不知道该顺着哪个方向浮出水面。

跳下来之后，我一直在想，防波堤上不知道怎么样了。他

1　本体感觉（proprioception），又称肌肉运动知觉，是一种对肌肉各个部分的动作或者一连串动作所产生的感觉，又被称为"自我知觉"。

2　原文为 at sea，一指茫然，也指当前沉在海里的状态。

们过了多久才意识到我没有重新浮出水面。在最初的欢呼和喝彩之后，他们是不是又聊起天来，是不是在过了不知道多少秒后陷入沉默，是不是正盯着水面等我出现。事后，我们没有再聊起这事：它对我们来说太沉重，而且，当时的情况也太危险，而那危险又离我们太近。

我在他们所有人的下方，手忙脚乱地在水中拼命扑腾。我沿着一个方向挣扎着往上，认定它就是通往水面的路，接着又换另一个方向再试。到了这个时候，你的肺开始灼烧，你的脉搏在加速，你的心脏轻快跳动，达到了小快板[1]的速度，仿佛你没意识到自己快要死了，而你的身体想要通过这些迹象让你小心目前的情况。你特别想咳嗽，但你知道你绝对不能，你不能。你脑子里只有一种想法：没事的，没事的，没事的。接着又变成：不行了，不行了，不行了。

濒死体验并没有什么独特或特别之处。它们并不罕见；我敢说，每个人都曾有过这样的经历，甚至可能在事情发生时没有意识到。紧贴着你的自行车呼啸而过的货车，意识到应该最后检查一次某种药物的剂量的疲惫不堪的医师，虽不情愿但还是听从劝告放下车钥匙的喝得烂醉的司机，因为睡过头而错过

1　小快板（allegretto），音乐术语，指每分钟的速度在 108 拍左右的音乐节奏，正常人的心跳为每分钟 60 至 100 次。

的火车，没赶上的飞机，从没被吸进体内的病毒，从没遇上的暴徒，没选择的小路。我们，我们所有人，都在浑浑噩噩地四处游荡，得过且过，及时行乐，逃避命运，投机取巧，不知何时会一命呜呼。正如托马斯·哈代笔下的苔丝·杜伯菲尔德那样："（突然想起）还有一个（比其他一切日子都更重要的）日子：她自己死去的日子。这美丽的一切都将在那天消失。一个不声不响狡猾地混在其他日子里的看不见的日子。这日子全无迹象，却肯定存在，她每年都要经过它。那么会是哪一天呢？"[1]

如果你意识到这些时刻，它们将会改变你。你可以试着忘记它们，远离它们，摆脱它们，但它们会渗透进你的身体，不管你是否喜欢。它们就像心脏支架，或是将断裂的骨头固定在一起的一根钢钉，会在你体内占据一席之地，成为你的一部分。

最近，我在翻看从前的旧箱子和文件，想找一些我在二十世纪九十年代收到的传真。这让我意外发现了不少其他的东西：一些人的照片——但我已经完全不记得他们是谁，生日卡片，情人节礼物，电影票根，火车票，博物馆导览册，我曾经去过的城市的地图。我还找到一封信，是那天夜里在港口的一

---

1 托马斯·哈代（Thomas Hardy，1840—1928），英国诗人，小说家。引文出自其代表作《德伯家的苔丝》（ Tess of the D'Urbervilles ），孙法理译，译林出版社，2010 年。

个男孩写给我的。

信寄到了我在大学里的住处。已经是很久前的事了，那个时候，他和我的学校横在这个国家的两头。他用黑色圆珠笔写道，我让他的校园生活很痛苦：我永远不会承诺他什么，永远不同意和他在一起，又总是在逃避他。他写道，我们一直相处得很融洽，所以为什么？为什么你不愿意做我的女朋友？

我记得当时收到这封信；我记得自己推着车，一边读信一边走去参加一场研讨会，我的课本和笔记都放在自行车篓里。几个星期后，我给他写了回信，我说很抱歉伤了你的心，道歉不足以表达我的歉意。我写道，我不知道你是这么想的。

当然，这不是真的。在读到那封信之前，我肯定已经知道了；当我坐在大学课桌前写回信——我的便笺簿下放着我的讲义、图书馆借来的书、没写完的论文——的时候，我也已经知道了。

那天夜里，是这个男孩在我之后跳下了海。当时，我还泡在水里，我的肌肉疲惫不堪，我的意识开始涣散。他是忠实的滑水爱好者，会划皮划艇和敞篷小船：空闲的时候，他有大部分时间都在海里或海上度过。他家的浴室里堆满了沾着沙子的湿漉漉的潜水服，挂在花洒上，像上吊的人。他一直都是游泳比赛的冠军，也是那些天不亮就起来在含氯的蓝色泳池里来回练习的青少年中的一员。到了周末，他会去参加所谓的庆典活动，然后抱着奖杯归来。

是他观察着潮汐，预测出我将会被海浪卷向哪片水域，然后一头扎进去，浮上来，再扎进去，再浮上来，又一次扎进去，然后终于找到我，抵着我的下巴，把我夹在胳膊下。是他不停不歇地蹬着水，一直到我们重回水面。也是他，在我们终于冒出水面后，说我是不可救药的蠢蛋，他那时仍然紧紧地抱着我，紧到我难以吸入突如其来的空气，他骂着我，脸上写着愤怒，害怕，还有其他一些情绪。

写下这些文字时，我想起了黑色的水，它那呛人的焦油质地，还有它无形的神秘拉力。我想起他的双手发狂似的抓住了我。是什么驱使他跳进那片冰冷的水域，跳进大海的深处，将我捞出，我心知肚明。跟着我跳下来的为什么是他，而不是其他人中的一员，也是有原因的。十六岁的我很清楚这是为什么。我当然清楚。事后我们一起走回了家，他落后我几步，我俩浑身湿透，发着抖，光着脚，吵来吵去，那时的我也很清楚。我从他的愤怒里，从他告诉我我可能会怎么样——潮汐会抽掉海面下的水，到时候我就会被卷入大海，我可千万不能再做这样的蠢事——的语气里感觉到了这是为什么。他看着我走上花园的小路，一言不发地从他身边溜走，消失在我家前门的后头，我从他看我的眼神里，也感觉到了这是为什么。

我本该说的是：你说得没错，这是一件很愚蠢的事。我本该说：事情是这样的——我有对自由、对解脱的执念。这种欲望如此强烈、如此包罗万象，它压倒了其他的一切。我无法忍受我现在的生活。我无法忍受待在这里，待在这个镇上，待在这所学校。我得离开这里。我得不停工作，这样我才能离开，只有到那时，我才能过上自己想要的生活。我可能觉得自己年少轻狂、任性妄为，可能前一天还在和你说话，第二天就躲得远远的，你看，我所做的一切都是为了解放自己，没有什么能阻挡我的步伐。我不能忍受任何事或者任何人拖累我、分散我的注意力、束缚我。我也本该说：谢谢。

　　谢谢，谢谢你。

脊椎、腿、骨盆、腹、头

1977

小时候，我是逃跑专家，是脱缰的野马。一有机会，我就逃跑，我就开溜，我就横冲直撞，我就四处奔走。我讨厌被人牵着，讨厌被限制、被束缚，讨厌被要求走路该有走路的样子。我常常试图挣脱、扭着跑开。我什么都不想，只想不停地移动，空气在我周围奔腾飞驰，街道、花园、公园、田野急速后退。我想知道，想看一看，下一个拐角会有什么，弯道前方又会有什么。我现在依然如此。

　　我第一次走丢好像是在四岁还是五岁，我的母亲那个时候总是会警告我安分点，不然说不定哪天就走丢了，这也是她在目睹我总是挣脱着要自由，总是跑开之后总结出的合理结论。我记得那次，我们去一座无人岛上的小教堂做礼拜，需要从梅奥郡[1]的海岸搭小船过去，返程的时候，我落在了后面，一个

1　梅奥郡（County Mayo），为爱尔兰面积第三大的郡。

人左一拐、右一拐地跑来跑去，跑到后来，我发现只剩自己一个人。令人恐惧的、不明所以的、扣人心弦的孤独：偏僻的小岛中央，小路上的小孩。

我徘徊着，被这突如其来的变故惊呆了，我深信我的家人会在没有带上我的情况下搭着渡船回到大陆，而我将被留下来在这个风吹雨打的小岛上自生自灭。世界突然静止了；再没有人对我要求什么；我可以与此刻的自己安静共处。

我穿着凉鞋踩在沙砾上的嘎吱声，海鸥的呜咽声，风吹过小路一旁的黑刺李树[1]的呼啸声。我睡在哪里？我吃什么？谁来告诉我什么时候睡觉？然后，一群戴着头巾的女士发现了我，她们给我吃了几块饼干，把我带回了码头，我看到我的家人和渡船都等在那儿。

那之后没多久，我离家出走了。这是我在思索许久之后采取的行动：我想好了我要去哪里（远方山丘上的一片杂树林，从阁楼的天窗就能看到），我想好了我要带些什么（书、一块三明治、猫），我想好了我要如何弄到钱（我会去偷，这是没办法的事）。一场因为某次游戏而引起的争吵，一顿让我没胃口的饭菜，因为穿衣而引起的分歧：我忘记了到底哪个才是真正的催化剂，但我仍然记得自己冲到楼下的柜子前，从铜钉上取下我的粗呢外套，把我的双手塞进它那硬邦邦的羊毛袖子

1　黑刺李（Blackthorn），李树的一种。

里，然后决绝地把棕色的扣子一个接一个地扣好。我心想，我受够了。我要离开这个家。

我一把拉开镶着水波纹玻璃的门，曾经，透过这扇门，我第一次见到了我的妹妹，当时她被我的母亲抱在怀里，从门前的小路上走过来——她远看像飘在半空的白色卵形体，头上顶着一团红色的火，当她们离房子越来越近，那卵形体就变成了一个有着红褐色头发的婴儿。我跨过那道门，任它在我身后重重合上，砰的一声让我觉得舒服了不少，我离开了家，走下小路，经过两棵结对的、长着猩红色浆果和乳白色褶边叶子的冬青树，经过摇摇欲坠的白色大门，我沿着人行道走着，我的双腿在我身下移动，我的搭扣鞋——不管我的母亲多勤快地擦拭它，又是抛光皮革，又是刺出图案，还从我的父亲裁剪过的灯芯绒夹克上剪下来一块布做缓冲垫，脚趾处总是有磨损——咔嗒咔嗒地经过邻居们的假山花园、露营车和睡在马路边的狗。

我一直走到了十字路口，那是我独处天地的边界，家里人顶多允许我独自走到这里。有时候，如果我们有重大消息要宣布，比如宠物鱼的死亡，客人的到访，某一次我妹妹从沙发上跳下来结果鼻子撞到了书架的边角、不得不去医院缝针（她至今还留有伤疤），我们就会在这里闲逛着等父亲下班。

我在这里犹豫不前，看着车辆来来往往，内心不停地作斗争，思考着离家出走是否意味着我不用再遵守"绝不能走过这个路口"等类似的准则，这时候，母亲追上了我。她穿着围裙从家里跑了出来，一副心烦意乱的模样。有那么一会儿，我看到她向我冲过来的样子，一度以为她很生气，以为我要倒大霉了。但她只是紧紧地、用力地抱住了我，她把脸埋在我的头发里，喃喃自语道："不要走，不要走。"

大约二十年后，当我即将离开家去香港，跟她道别的时候，我会想起这一刻。当时，我们站在本地车站的月台上，我的双肩包放在脚边，支线列车正穿过隧道驶来。我就要上车了，这次我要离开很久，得有好一阵子不会回来。她没和我说不要走之类的话，但在我看来，她牢牢抓着我肩膀的手指就是那个意思：长久以来，她都深知我要离开，我们双方都清楚，在某种程度上，我内心一直有这种冲动。

我现在明白了，小时候的我一定总是逼得她心烦意乱：我的顽固，我的野性，我的无理取闹，我对独立的渴求，我对自主的不断坚持。现在，她总是会叹着气说："我怎么养出了你这么个讨人厌的女儿来。"我对这点深信不疑。从我的照片就能看出来，身为家里的老二，我粗鲁而笨拙，鼻子特别大，牙齿也不够整齐，脸上的表情既暴躁又警惕，宛如我那个漂亮又文静的姐姐的劣质版本。我截然不同。我脾气不好。我总喜欢尖叫，情绪时而高涨时而低落，又会突然爆发。"她还是那么难相处吗？"亲戚们会小心翼翼地如此询问。他们只要在我身边待上半个小时就会知道答案。

"别激怒她。"父母会带着一丝警告的口吻跟我的姐姐和妹妹这样说，然后他们又对我说，"你必须学会控制自己。"

我真的试过了。我记得我试了。我记得我当时想，我不能再被激怒，我不能再发脾气，首先，我必须保持镇定。我会看着镜子里的自己，整理五官，露出平和的微笑，然后告诫自己，要"和善"点儿。我一定在哪本书里看到过这个词。我想成为这样的人，我知道，我应该成为这样的人。好孩子们也是这样的人：和善的人。可是之后，他们又要我穿一件令人厌恶的芥末色套头毛衣，难以忍受的时尚领口让我的皮肤瘙痒难耐，他们还煮土豆配茶喝，我非常讨厌它们软成面粉似的边角和富含淀粉的坚硬内芯。一杯牛奶被放在我吃饭的餐位前静静等着我，我害怕喝掉它，害怕它顺着我的喉咙流下时可怕的丝滑触感，害怕它表面黄色[1]的奶油漩涡，害怕它边缘珍珠色的泡泡。我会想着所有这些事，接下来，会发生一些无足轻重的事，一些无伤大雅的事——姐姐的一句评价或一个眼神，我想要好好看书时在旁边蹬我的脚的别人的脚，看起来无穷无尽的、难以理解的、让人发困的数学家庭作业——然后我就完了。我胸口的某处像是要裂开了，一股热流涌到头上，突然发出一声尖叫，说不定还有一只脚被踩到了。我没能控制住自

1　原文为jaundiced，指黄疸病患者，这类人群皮肤常呈黄色。

己。也根本谈不上和善。

那时候，我的母亲有她独特的方式来表达对我的失望。她会在餐桌上，在我们一起站在我的衣柜旁、站在浴室里、站在车门前的时候，在任何一种她和我意见相左的情境下，低声嘀咕道："如果你的孩子养起来很轻松，那这个世界就没有公平可言了。"

世界明显是按照某种司法体系运作的，因为我的第三个孩子，一个有着桀骜不驯的卷发的女孩，也是一个逃跑专家，一匹脱缰的野马。她一从汽车、童车上被放下来，一打开门，立刻就会动起来，脚几乎不着地，长长的卷发在空中飞舞，不会回头看一眼。我有无数张照片，拍的都是动起来的她，在我前头很远的地方，是小路上的一个点，是人行道上一个模糊的形状，是快要被吞噬在世界尽头的一个小人儿。被婴儿车限制了行动的她哀求道："我想跑一跑。"这是她最先学会的几句话之一。

在她十四个月大的时候，我意识到这种基因被不可逆转地拧进了她的染色体，我带她去了我们家外头的人行道。

"这个，"我指着路缘石说，"你千万不要跨过这个。好吗？永远不要。你得在这里停下脚步。"

她用绿褐色的眼睛扫视着我的脸，沉迷在我说的话里。她紧抓着唯一知道的单词不放，重复了一遍"脚"这个词。

我又给她指了路边。"脚，"我说，"停。"

"脚停。"

我对她笑着点了点头。"好了，"我说，"我们来试一下。"

我松开她的手。

在南威尔士布雷肯比肯斯一个小镇的主干道上，我和死亡擦肩而过。是在阿伯加文尼吗？还是在克里克豪厄尔？还是在兰代洛？具体是哪个镇子，我忘了。

事情可能发生在我在爱尔兰迷路的那个时候。我觉得那两次我穿的是同一件上衣，一件带拉链的条纹尼龙 T 恤，我用牙齿就能把拉链给拉上。一排商店沿街开在一起——肉店、酒吧、茶馆、加油站。当时，我的父亲牵着我的手等在我们的车旁，那是一辆红色的雷诺，座椅下放着我妹妹的布尿片。

那天一定刮着大风——我们当时是不是在那些砂岩山上的高处？——因为我记得我那时还是金色的头发拍在我的脸颊上、扫过我的耳郭时沙沙作响的感觉。

我用眼角的余光瞟到我的母亲带着我的姐姐和妹妹在街对面。她进了其中一家商店，给我们买了茶，也有可能买的是小零食，一管糖，或是一包饼干。然后我做了我总在做的事，也是我不自觉想要做的事。我挣脱了父亲的束缚，朝母亲和姐妹们跑去，但是这次，在我的凉鞋底下，有一条公路。

意识到有车开过来前，我先看到了母亲脸上的表情变化。我听到她在尖叫；我听到父亲在大喊。这让我内心涌起一阵恐慌，宛如触发了警报。我的脑海里充斥着"怎么回事，我惹上麻烦了"的想法，然后我听到了刹车的嘎吱声，轮胎在柏油碎石路面发出的尖锐摩擦声，还有一声大叫，可能是在冲我大声叫骂。

那是辆蓝色的车，车头装了银色的保险杠，锈迹斑斑。这些颜色印在我的眼睛里：蓝色，银色，红褐色。它转了个弯，我也转了个向，我感觉到保险杠颗粒状的镀铬擦过了我的大腿后侧。

我记得我不停地走着。我不停地移动双脚，一边呼吸山里的空气，一边不停前进，仿佛只要我能一直走，一直跑，一直动来动去，就没有任何东西可以碰到我，也没有任何坏事会发生。

全身

1993

飞机半明半暗，引擎平稳地运作，发出嗡嗡的声音。我周围的所有人都在睡觉：过道对面的女士腿上趴着两个孩子，后座的一对情侣�堆拉着嘴巴互相依偎。我们正盘旋在太平洋上空的某个地方，到了长途飞行中那个模糊的中间点，你对时间、个人空间和饥饿的感觉都已经消退，时间既在融合，也在坍塌。

飞机上坐满了修女和神父，他们穿着灰色的教服和朴素的鞋子，面容幸福而安详。经停香港后，飞机将飞往马尼拉，在我看来，似乎整个菲律宾的宗教团体都从伦敦飞了回去。

一位穿着全套白色和金色长袍的年长神父坐在我旁边。他睡觉的时候，眼镜总会滑下鼻子。他时不时地触碰我的胳膊，叫醒我，示意他需要我从座位上站起来，好让他去卫生间，他的触碰过于频繁，让人生厌。他的念珠在我们上头的挂钩上摆来摆去。

我坐了一晚，先是觉得特别热，后又觉得特别冷，我坐在那儿想，我都做了些什么，我在这里做什么，然后我读起一本破破烂烂的捷克小说，那是我和一个朋友告别时，他硬塞给我的，他又给了我一个小小的包裹，里面放着一个指南针，还附了一张卡片，他在上头写着"找到回去的路"，对我来说是件很重要的事。

我的人生出了错，或者说我是这么认为的。我偏离了方向，在空间里打转，我在很多方面都是如此，一定是这样。我把我应该过上的生活抛在脑后，却在这里，在一架去香港的飞机上，去一个没有工作、看不到未来的地方，去一个我放眼全城只认识一个人的地方。

以这种方式跨过时区会给你带来一种不安的、扭曲的清醒感。是因为海拔高度吗？因为令人不习惯的静止吗？因为身体上的限制吗？因为睡眠不足吗？还是以上四点皆有呢？身处海拔上千尺的地方，在飞机客舱里高速旅行，会引起心境上的改变。曾经可能困扰你的事也许会变得清晰，就好像相机的镜头对上了焦。你会发现，一直以来想不通的那些问题的答案都溜进了你的大脑。当你凝视着被高层云包裹着的山脉的虚幻景象，你会发现自己在想：啊，对啊，我从前怎么没想到呢。

我一手握着指南针，一手拿着香港地图——那是一张让人费解的地图，街道、高架、隧道、岛屿和港口错综复杂，每一个地点都用中文标注。是昨天、今天，还是前天来着？从我的朋友身边离开这件事，似乎让我体内的什么东西被解开了，就好像他本来握着某条至关重要的线的一头，而我的离开意味着这条线自此被解开了，在我和我所抛诸脑后的一切之间延伸。它还可以伸多远呢？它会断开吗？我还能把它收回来吗？

当飞机头也不回地向前飞行时，这个问题像一团雾一样，慢慢地浮现在我的眼前，悄悄地爬上我的心头，它突然来袭，萦绕在我的周围：为什么我要离开？我怎么就走了呢？读大学时，我和这位男性朋友去图书馆，一起复习期末考试，大多数时候，我都坐在他对面。如果对方走了神，我们就在桌子下轻轻地踢对方一脚，我们始终保持着这么个习惯。他会一言不发地模仿我手抽筋以后甩手的模样。他确保我没忘记吃午饭。当我告诉他我想要写作时，他没有嘲笑我，而是认真地仰着头，若有所思，仿佛想让这个想法在他的大脑里找到自己的位置。

可是，不知为何，我出现在这架飞机上，正奔向另一个男人。总之，我也不知道我在做什么。此时此刻，我本该——或者说在我看来——搬进剑桥的一间公寓。我本该给我的自行车链条上油。我本该在大学图书馆门口的楼梯上爬上爬下进进出出，借阅图书和期刊。我本该开始我的博士课程。我本该坐在我平时习惯坐的位子上，坐在我的朋友对面，可是这个时候，正在攻读博士学位的是他，独自一人，没有我。

而我却在这里，在去香港的路上，这是因为四个月前，我去学位成绩公告栏上找自己的分数，但我没有看到我所期望的成绩，没有看到足以让我获得研究生资助的成绩，没有看到我想要并为之付出努力的成绩，我的成绩与预期结果有一定距离。甚至连边都沾不上。在我转身离开公告栏，在我跌跌撞撞地走下楼梯，在我无视旁人的呼唤重新跨上我的自行车时，我意识到，有些事情，已经严重偏离了原本的方向。

所以我在这里。我不会成为一名学者；我不会待在剑桥；我会有很长一段时间见不到我的朋友。我不会去读博士，不会去研究中世纪诗歌中看似微不足道的女性角色。

我那篇原本打算论证创作了《高文爵士与绿衣骑士》[1] 的佚名诗人是位女性的论文，现在永远不会完成了。自从我的计划泡汤后的这几个月以来，有时候，我好像用眼角的余光瞟到了那首诗，又赶紧强迫自己移开目光，毕竟我的人生也因此失去了太多太多：被彬彬有礼又让人感到害怕的巨人打断的庆贺宴。诗人对其体格带有赞赏意味的绵长描写（他的背部与胸部

---

1 《高文爵士与绿衣骑士》（*Sir Gawain and the Green Knight*）是英语韵文骑士文体的杰出代表作。全诗共 2530 行，作者不详。全诗共分为四部分。

宽厚壮硕，他的腰部与腹部精干有力。[1]）。她——我一直都很确定是"她"而不是"他"——放任自己肆意使用色彩和装饰、图案和织物，像一个魔术师，熟练地用一排英俊的男人、用他们的服饰、他们的铠甲、他们的胡须和他们有点可笑的争斗来分散你对中心谜团的注意力。她在诗节中间改变时态的方式看起来颇为现代化，又耐人寻味。还有傻乎乎的高文，不知道自己陷入了什么样的境地，他在城堡里俯瞰着老妇人，完全没有注意到绕着他旋转的混乱之网的意义何在。

这一切都过去了。我必须关上通往它，还有她的门。我很喜欢我和她之间那种通过故事的字句串联起来的羁绊。我依赖它。我感觉自己仿佛穿过时间、走下书页，握起了她的手。但我必须放弃她。我很多年都不会再读这本书了。

在二十一岁的我打太平洋上飞过的那个时候，我觉得，仿佛有人夺走了我身体某个部分，那个部分对我的存在至关重要，就像心脏、肺、动脉一样重要。

再过一年多，我就会发现，我原以为期末考试被我搞砸了，可结果根本没有想象中的那么糟糕；再过几年，我就会发觉，其实那何尝不是一种幸运的解脱。我的守护天使在云端上

---

1 原文：For of bak and of brest al were his bodi sturne / Bot his wombe and his wast were worthily smale。

俯瞰着我，她看到我骑车去考试，察觉到接下来可能会发生的事，于是高高在上地从中作梗，顺其自然又顺理成章地打乱了我原本的计划。

事实上，我很有可能成为一个糟糕的学者：我特别反复无常，特别善变，也特别没有耐心。一旦我开始提笔给创作出《高文》的诗人写赞歌，我接下来的余生都会泡在图书馆里，聚精会神地研究从前的手稿，这会很痛苦。中世纪英语的暧昧模糊应该会让我抓狂。我也不会成为一名好老师。首先，我被口吃所困扰：我怎么能站在全班学生面前呢？我怎么会觉得自己能讲课呢？要不了一两个月，我应该就只剩下厌倦、愤怒和沮丧，也许我会离开剑桥，去做些别的什么事。可能到最后，我还是会去香港。

当然，在我坐上这架飞机的时候，我并没有意识到这一点。我仍然沉浸在恐慌和悲伤之中，仍然在缅怀我所失去的一切，在我看来，那是我身份里的核心部分。我的成绩，我出其不意考出好成绩的能力，是我唯一所拥有的，也是我唯一所擅长的。我不够亲切，也谈不上和蔼，我永远不会成为那样的人，我的头发古怪又杂乱，我有语言障碍，我有常人难以理解的神经问题，可是，我从十几岁开始就拥有某种神奇的魔力：有人给你布置了功课，你复习了功课（复习得很认真，非常认真，还列了时间表，做了试卷，定好了闹钟，早出晚归，记了笔记，用了荧光笔，准备了索引卡），然后，在考场里，你在脑海中重现了它，在笔下复制了它。再然后，天灵灵地灵灵[1]！你收到一张闪闪发亮的纸，说你完成了一项艰巨的任务，获得了一块"免死金牌"。

这套方法奏效了很多年。它把我送进了两所综合学校[2]（一所让我感到困惑又害怕，另一所好一点），接着是剑桥大学，我顺利地度过了第一学年和第二学年，然后，突然间，在我的第三学年，在我大学最重要的最后一年，咒语失灵了。它逐渐消失了。

在我二十一岁的这一年，当我在剑桥里骑着车离开成绩公告栏，骑向河边的草地时，当我往河里扔石子并且大声哭喊时，我多希望当时的我能够明白，其实根本没有人会问你拿到了什么学位。在你离开大学的那一刻，它就不再重要了。从长远来说，生命中那些计划外的事情往往比计划内的事情更为重要，影响也更为深远。

你得期待意外的到来，并且欣然接受它。我即将发现，最好的路，走起来往往并不轻松。

所以，我正前往香港。因为我必须离开。因为除了蹩脚的

---

1 原文为 Abracadabra，指的是一种变魔术时念的咒语，为方便读者理解，在此做了一定程度的意译。

2 综合学校（Comprehensive Schools），是政府拨款资助的公立中学，服务对象是社会各个阶层的老百姓。在英国，综合学校在招生时不依赖学生的学习成绩或能力，也不看孩子父母的经济富裕程度。

德语（*我已经写完了所有的作业* [1]），我不会说别的语言。因为英国正处于经济衰退期，到处都找不到工作，而对于那些只有一张毫不起眼的英美文学文凭的人来说，工作更是格外难找。因为前段时间去了香港的安东写信告诉我：来吧，在这里，你很容易就能找到工作，你可以和我一起住。因为这似乎是最好的选择。因为对于二十一岁的你来说，下列计划似乎完全可行：身无分文，只带一个背包，相信别人会给你一个落脚之处，于是离开家，一路去往世界的另一头。因为找不到拒绝的理由。我还能失去什么呢？

没有任何预警——只听得见突如其来的"哐当"一声，还能感受到一阵冷风吹过机舱。

突然间，飞机在下落，在下坠，在下跌，就像一块从悬崖上扔下去的石头。飞机以难以置信的速度下落，猛地将人往下扯。感觉就好像坐上了世界上最让人难受的露天游乐场飞车，好像一头扎入虚无之中，好像被人抓住脚踝、拉进无尽的地狱之渊。我的耳朵、我的面孔都突然痛苦地扭作一团，在我被往上抛的时候，安全带嵌进了我的大腿。

在我的周围，机舱像雪花玻璃球一样抖个不停：手提包、果汁罐、苹果、鞋子、毛衣，这些东西从地上腾空而起。氧气

1　原文为德语：Ich habe alle meine Hausaufgaben gemacht.

面罩从座位上方的天花板落下，像藤蔓一样在眼前摆动，人们被抛向空中。我看到过道对面的孩子头朝下脚朝上撞到了机舱顶，他的母亲在另一个方向弯成一道弧形，黑色的头发在她周围散开，她的表情与其说是害怕，不如说是不满。我旁边的神父被抛离了座位，抛向了上方，朝他的念珠飞去。两位头巾鼓了起来的修女，像破布娃娃一样，被甩到灯前。

空气里充斥着尖叫、咒骂和祷告的声音。一个两个鼻孔都流着血的男人开始用一种我听不懂的语言大喊大叫，还疯狂地打着手势。鼻血从他的脸上四散开来，在座位，在天花板上留下了印迹。

飞机还在下落。一位空姐沿着过道爬行着。她在尖叫，她的帽子歪了，她的头发散在肩膀上。另一位男性机组人员从反方向过来，因为没看清而绊倒在她身上。他大喊着，说起了面罩来，又说我们必须戴上面罩，但还没等乘客听见，他就被甩到了上方。

那一刻，我感受到的与其说是平静，不如说是麻木的认命。我想：所以现在就是这样了。我想：这是我迄今为止目睹的最糟的事情之一。我想：我们就要死了，我们所有人，马上就要死了。我们会以最快的速度冲进海里，或是撞上陆地，我们会像汽水罐一样爆炸。什么也不会留下。彻底的毁灭。

独身一人有一种奇怪的解脱感。我环顾四周，人们紧紧地抓着他们的同伴、他们的亲戚，他们哭着叫着，手握得很紧。

我抓着座椅把手，跟自己说，它来了。我的一生并未闪现在我眼前。没有出现最后的审判，没有突如其来的灵光乍现，没有最后一刻的祈愿、请求或祷告。我专注于当下，而在当下，我设法在此刻不去想其他时刻，摆脱其影响。飞机震耳欲聋的噪声、人们惊慌失措的尖叫，猛然下坠时身体受到的拉扯，撞击在所难免，我的身体因此也绷得紧紧的，我深陷于这个物理世界中，忧心忡忡，注意力难以集中。

在某个时刻，神父肯定抓住了我的胳膊，因为当我们停止下落，当飞机似乎碰到什么，我们所有人又一次被粗暴地往上抛起，然后飞机才终于平飞的时候，我感到他的手指紧紧抓住了我的胳膊肘，他的念珠挤压进了我的肉里。一两天后，安东会问我，我胳膊上那一排奇怪的印痕是什么，那时我才会低下头，看到它们，这些淤青得九天后才会消退。

我们降落在香港后，大部分乘客都被带去接受治疗，包括我旁边的神父。我帮他把包提到救护车车门前。我们道别时，他把手放在我的头上，用拉丁文喃喃地为我祝福。虽然我已不再信教，虽然我已彻底摒弃我所受的宗教教育，但我还是默默站在跑道上，让他把手放在我头上，等着他念完。

在我穿过大门，发现安东正在等我的时候，我仍然能感受到神父的手指在我头顶上留下的印迹，好似有一顶隐形的皇冠戴在我头上。安东看起来和之前不太一样，他穿着一件宽松的白色棉布衬衫，深色的头发剪得短短的，露出了头皮。

两天后，我找到了一份给学生辅导英美文学课程、帮他们考出好成绩的工作。我坐在港口上头一个隔间里，帮他们研读《罗密欧与朱丽叶》，研读谢默斯·希尼 [1] 笔下的自然主义者，分析阿瑟·米勒 [2] 笔下推销员的动机。我教一个即将被送去赫特福德郡一所寄宿学校的女孩如何使用刀叉。她让我帮她选一个英文名，我试图阻止她不要用"温生" [3] 或"黛丽克特" [4] 这些她在字典里找到的词。我去上粤语课：一、二、三、四、五 [5]。每天早上，我在街边的小摊上喝粥。我在南海里游泳，用脚趾捡起贝壳。我搭乘一辆倾斜的有轨电车，沿着山峰的一侧向上行进。我考虑过报纸、专题、访谈、书评和影评，然后问自己，这个行吗？或许我可以做这个？我在薄薄的蓝色航空邮简上写信。安东教我用单反相机，我出门会带着它，看到什么都拍下来——提着关在笼子里的鸟散步的人，早晨打太极的老太太，公园里打麻将的人，装扮成龙的样子的小孩子，

---

1 谢默斯·希尼（Seamus Heaney, 1939—2013），爱尔兰诗人。代表作《一位自然主义者之死》。

2 阿瑟·米勒（Arthur Miller, 1915—2005），美国剧作家。代表作《推销员之死》《萨勒姆的女巫》。

3 原文为 Winsome，意为迷人。

4 原文为 Delicate，意为雅致。

5 原文为粤语发音：yat，yee，sam，sei，ng。

餐馆橱窗里的板鸭，有轨电车，杂乱地点缀了昏暗天空的霓虹灯，夜市里堆成金字塔形的榴莲和一罐又一罐豆腐。我办了英国文化协会图书馆的借阅卡，拼拼凑凑提交了必要的表格、复印文件和住址证明。我沿着小说区 A 到 Z 一排排的书架走在地毯上，心里想着：我想读什么就读什么。这种意识就像一阵狂风，猛地从我身边掠过，几乎将我扇倒在地。

我不用再去上学，不用再去听课，也不用再去参加考试。

我借了三本书回去，几天后，我又回来借了三本。书堆积在我小小的公寓里、床边、浴室里、厨房里。我借来那些我听说过却从来没空读的书，借来那些我在广播里听到的作者写的书，借来那些从遥远国度的语言翻译而来的书，借来那些还活着的作者写的书，借来那些我在报纸上读到过简介的书，总而言之，这些书都在我学位课程指定阅读书目之外。我在上班的路上读书，我在地铁上读书，我在辅导学生的课间读书，我一边在浴室读书，一边用从窗口花坛里捉到的蚜虫逗我养的白化壁虎，它则在天花板上看着我。

后来，雨季的某个晚上，窗外的雨还在淅淅沥沥下个不停，我们的衣服、窗户、照片都因为潮湿而发了霉，天气热得让人难以入睡，我一直在读颠覆性版本的欧洲民间故事，这时，我有了一股冲动，想写下一些文字。于是趁安东睡着时，我起身找来一支铅笔，打开桌上的练习本，写了起来。

脖子

2002

当我突然被人从身后粗暴地抓住时，我一开始觉得，那人我一定认识。在这里，在智利，某个熟人因为某种令人称奇却又无法解释的巧合，看到了在湖边散步的我和威尔，于是走到我们身后，想要跟我们打招呼，便闹着玩似的扑到了我身上。

　　然后我看到了威尔的脸，才明白不是我想的那么一回事。一把砍刀架在我的喉咙上。它长长的刀刃在夕阳下闪闪发光。我能感受到冰凉的金属正轻抚我的皮肤，也能感受到陌生人紧抓着我不放，把我的胳膊别在身体两侧。这样的亲密接触让人感到不安，他呼吸起来很费力，嗓音嘶哑，吐出的气息擦过我的耳朵。虽然我看不到他，但我能感觉出来，他大概和我差不多高，深色头发。他应该有一段时间没有洗澡了。我能闻到从他腋窝传来的洋葱味，他坚硬的腰带扣抵着我后腰，他的双手在颤抖。他很害怕，威尔也很害怕，但奇怪的是，我感觉这一切很遥远，就好像这一切并不是真的，就好像我们没有被一个挥舞着砍刀的男人给挟持，而是继续在湖边散步。

我看得出来，威尔虽然害怕，但同时也对这出闹剧，为遭人打扰而感到生气。他面容苍白，脸色阴沉。我认识他十年，和他谈了三年恋爱，所以我能感受到他脑子里思绪纷飞，能察觉出那纷飞的思绪宛如电传打字机里吐出来的纸带，上面写着：一把砍刀，我的女友，一个男人，个头比我小。他看起来怒气冲冲。他看起来杀气腾腾。

这是我们在南美长途旅行的第一个礼拜。这个临湖小镇坐落在火山脚下，是我们的第二站。在这之后，我们计划向山里进发，前往安第斯山脉的深处，别人跟我们说，那里有个地方有温泉，当地的某个农场主会允许我们睡在他家的谷仓里。

我和威尔刚在伦敦买了一套公寓，是一栋红砖房，位于一排房屋的最末端，房子后头有个小小的菱形花园。公寓旁有一条铁轨，火车迎面缓缓驶来时，墙壁会被震得抖个不停，窗户上的玻璃也跟着嗡嗡作响。

我们发现它的时候，它处于半荒废状态，已经有很多年没住人了：地板正在塌陷，爱德华七世时代的花纹墙纸滑落到地上，煤气灯渗出的铁锈般的红色液体散发着臭气，沿着破碎的石灰墙流了下来，流成一摊，宛若一个三角洲。我们在南美的这段时间，公寓正在重新铺设地板，重新布线，将重获新生

（或者说，至少我们希望如此，但施工方传来的信息不多，也不够具体）。我们预计，等我们回去的时候，就能有电灯，有脚踩下去不会塌陷的地板，有白色的墙壁，有暖气，有热水，有开放式的壁炉和一台能用的烤箱。改造公寓的时候，我们无处可住，于是决定，在公寓改造完毕前，与其找一个临时的住所，不如去旅行。我们的理由是，在南美旅行要比在伦敦租房更便宜。我们可以边旅行边工作：我们可以在奔波中写作，用邮件将文章传回伦敦。这是个完美的计划。

只可惜，此刻，有一个男人拿着把砍刀架在我的脖子上，低声说道："Dinaro，Dinaro。"[1] 然后，他怕我们听不懂，又说了句："钱。"

威尔没有动。他正站在我和这个男人的前面，身体绷得紧紧的。

"把钱给他。"刀刃压着我的气管，我发出低沉而沙哑的声音。

他还是没动。

"威尔，"我轻声说道，此时那男人一把抓住我的头发，逼我跪了下来，砍刀离我的喉咙更近了，"求你了。把钱给他。"

我看到威尔看了眼砍刀，看了眼那个男人，又看了眼默默

---

1 男人可能没说清，应为西班牙语：Dinero，意思是钱。

跪在他面前的我，刀刃抵着我裸露的脖子，这一幕很诡异，就像有人被逼着求婚一样，我知道，他还在掂量自己是否能应付眼前的状况。

"求你了。"我又说了遍。

我看到他缓过神来。他慢慢地将手伸进夹克的口袋里。我突然想起一些不相干的事：早些时候，在旅馆的卧室里，我们出门前还争论过到底需不需要穿外套。外头冷吗？看起来是不是要下雨了？天上有云吗？晚餐前要不要去湖边散个步？为什么不呢？

威尔递出几张纸币。"放开她。"他说。

男人飞快地向前一步，一把抓住了钱，因为动作太急致使我的头皮被猛扯了一把。我忍着痛，瞥见了他，黑色的头发，满口污渍的牙齿，穿着牛仔裤和破旧的运动衫。他很年轻，比我还年轻，显然平日里都在露宿街头。我想，我们到底是被什么给迷了心窍，居然会在起风的日子里，在这种没什么人的地方散步？

他恶狠狠地把钱塞进自己后面的口袋里，并不知足。

"还不够！"他叫着，用他的砍刀刀刃拍打着地面。"还不够！"[1]

他把我们搜刮个了干净。那天，恰巧就在那天，我们去了

---

1 原文为西班牙语：Mas。

银行，用旅行支票兑换了厚厚一沓现金：我们即将动身前往安第斯山脉，需要现金。当时，我们口袋里和包里的钱比以往旅途中的任何时候都要多。那个男人搜遍了我们身上所有藏钱的地方，拿走了我们所有的钱。我们把钱交给他，保住了我的脖子，保住了脖子上的动脉、肌腱、肌肉、气管和食管，力保它如现在一般完好无损。

他还是没有松开我的头发。在整个抢劫过程中，他始终把我的头发缠在他的拳头上：他的每一次抽搐，他的每一个动作，都让我的头皮剧痛难忍。当我们全身上下分文不剩，当我们的口袋和钱包都空空如也，我们三人之间有片刻的停滞，我们看着彼此。我看着威尔，威尔看着那个人，那个人看着我。接下来该怎么办？我们都在想这个问题。他一手拿着砍刀，另一只手拽着我的头发；他的口袋里塞满了我们的钱。风在我们身边呼啸，吹得湖面泛起层层水波，吹得树木在昏暗的天空下东倒西歪。

男人继续拉扯着我的头发，逼着我的头不断往后仰。我只能看到天空，看到疾走的云层，看到鸟儿像箭一样飞过的黑色身影。回到旅馆后，威尔和我会谈起这个时候，我们都会说，我们当时觉得，那男人可能想要更多。更多的暴力，更多的虐待，更多的恐慌。

那时候，我凝望着天空、鸟儿、快速移动的云层，想着我们身后茂密的森林，想着我不想被拽进森林里，一点儿也不想。我不想看到树木在我的头顶上遮天蔽日，我不想感受灌木丛刮伤我的皮肤、刮破我的衣服，我不想感受森林里地面上冰冷的湿气。我的想法很简单。它们在我脑海里跳动：让我走，让我走，别把我拽进森林，别把我丢到地上，求你了。我感受到这些想法的节拍，我想象着它们穿过我的头骨，顺着我头发里的纤维往上爬，然后传递到那个男人的手里。让我走。求你了。还有，记住这一点：我会反抗。我不会言听计从。如果你想拽走我，我会跟你打起来。我不会任你宰割。我会挣扎，我将用尽每一丝力气，一步一步，挣扎到底。

他的脸出现在我的视野里，上下颠倒。他看着我；我也看着他。他似乎在考虑什么，在掂量自己要如何选择。我凝视着他。我希望我的意念可以传递给他：别这么做，别。拿着钱走吧。我用双手四处搜寻可以抓住的东西，一根树枝，一块石头，以防他想把我拉到别处去。但什么也没有，只有一些小小的卵石从我指缝中滑落。

他身子前倾，看着我。看来是做出了选择。

"快滚。"他嘶吼着。

他猛地把我拽起来，把我从他身边推开，推向威尔。

"快滚！"他又催促我们，用刀刃指着远离小镇、远离旅馆、远离一切的某个方向。"你们快滚！"

我们沿着湖边默默地全速奔跑，我们的呼吸很急促，胸口猛烈地起起伏伏；我的头皮抽搐着，感到一阵刺痛，因痛苦而发红。我扭头向后看，确保表情愤怒而狰狞、牙齿残缺、头发肮脏、拿着一把半月砍刀的他没有追上来。我看到他匆匆忙忙地爬过石头，翻过栅栏，消失在低矮的草木后头。

威尔拉了拉我的袖子。我们停了下来，我弓着身子，手撑着膝盖，尽量大口大口地吸入空气。我的身体远不如威尔，他每周都会慢跑，还会踢五人制足球。

"我们快点离开这里吧，"他指着回镇上的小路，"你还跑得动吗？"

后来，我们坐在旅馆的一张桌子旁。老板听完我们的遭遇后，在前台的白板上龙凤飞舞地用大写字母写下：请勿在湖边散步——那里有手持武器的强盗！她还给我们端来甜过了头的茶。"压压惊吧。"她说着，拍了拍我的肩膀，这让我有些畏缩。现在，某种感觉涌上了我的心头：在湖边时，我曾压抑住自己的恐惧之情，而此时，这种情绪侵占了我的全身。我的胳膊抖了起来。我不停地扭头看。当我把杯子举到嘴边时，杯沿和我的牙齿撞在一起，发出了咔嗒咔嗒的声音。

几个月后，我们会回到伦敦。我们会住在我们买下的那套公寓的房间里。翻修还远未完工，但我们还是搬了进去。屋顶不再漏水，腐坏的煤气灯将被拆掉，可马桶冲出来的是热水，而且一到晚上，墙壁就会咔嚓作响，花园里满是碎石瓦砾。我们在这套公寓里互相周旋，退回到不同的房间工作、写作。当时我们还不知道，我们即将在几个月后告别两人世界。

湖边的那段经历是否促使我们更进一步，让我们走出人生的一个阶段，进入下一个阶段？我能死里逃生，是否让我俩都感受到了人类生命的脆弱和无常？不管怎样，没过多久，我就会去验孕，我会坐在我们粉刷一新的公寓里，盯着验孕棒，等待着，想知道会不会有蓝色的线出现在我眼前。

在智利的旅馆里，威尔觉得他需要谈一谈这次抢劫，他需要理清事实，把事件顺序搞清楚，让我们俩的说法对得上。他重新梳理了整个过程，按倒序梳理，按顺序梳理，从不同角度梳理：那个男人是怎么走到我们身后的，风声如何掩盖了他的脚步声，威尔是在哪一瞬间转过身来，发现一把刀架在我脖子上的，这男人一定不是头一回干这种事，他显然磨炼过自己的技艺，他个子不高，威尔本可以向他发起挑战，本可以将砍刀从他手上夺走，他确信自己可以，早些时候，我们刚开始散步，便已从那个男人身旁经过，那时威尔就觉得那人很怪，因为他没有和我们对视，我们冲他点头，他也没理我们。

听到最后这一点，我抬起头来。"你知道吗?"说罢，我跟他说起了一件事，一件我从没告诉过别人的事，一件在我十八岁那年独自一人散步时差点发生的事。

腹

2003

我隐约觉得自己的左手边有一个人，已经在那儿待了有一阵子了。那是一位年近中年的男性，他穿着医院的手术服，戴着口罩，背靠手术室的墙壁站着，正好在我的视野之外。他没有参与手术，而是在那儿看着，只是看着，他的双手背在身后，像网球比赛里的某个工作人员。

　　他在那里做什么？为什么会无所事事地在剖腹产急诊手术区的外围徘徊？我曾短暂有过疑惑。但后来的事冲昏了我的头脑，我便不再对任何事情感到疑惑。

　　时至今日，我仍然不知道那个男人是谁，我永远也不会知道。他的手术服是米色的；其他人的都是蓝色的。他是医院的勤杂工吗？还是医学院的学生？抑或是护工？护士？我不知道。

　　我们在手术室相遇的时候，有三件事我确实很清楚：首先，孩子已经出生，在角落的某个地方尖叫着，有人在照料他；其次，我迫不及待地想看他一眼；最后，我有麻烦了。我的心脏突然飞快地跳个不停，仿佛想甩掉任何追赶我们的东西。威尔被一名护士抓着胳膊，匆匆拉走。地板上血迹斑斑，医护人员跑进跑出。我发现，这绝不是什么好兆头。总的来说，他们这群人镇定且理性，会故意不露声色。若是他们慌了，或是提高了嗓门，这层面具便会滑落，只有在你看到这一幕时，你才需要担心。

草草拉起的帘子另一边，医生们各司其职，脚下踩出红色的鞋印。一位来自北爱尔兰的年轻女士惊慌失措地说道："不行，不行，我不知道该怎么做。"我瞥到一只前臂正擦着汗津津的额头，胳膊肘染成了猩红色。一位不苟言笑的三十多岁男医生对她严厉地说了什么，然后陷入沉默。直到刚才还坐在我旁边嬉闹闲聊的麻醉师们，此刻都站起来看着帘子那边发生的事。他们面无表情，显得很冷漠，又显得很小心。有个人调整了他半月形的眼镜，又对输液架上挂着的透明输液袋做了些什么。

不管它是什么，它立刻撞击了我的血管，我感觉自己偏离了方向，像一辆改道的火车，感觉有什么像雾一样吹过我的大脑。我头骨里的眼珠子开始往上翻——我看到天花板上的瓷砖，像传送带一样在动，我看到麻醉师下巴的底侧，微红的胡须从皮肤里冒了出来，我看到一盏破了的灯忽明忽暗。我强迫自己一直睁着眼睛；我将指甲抠进手掌。我得留在此时此刻。我不能向任何拖我下水的东西妥协。有宝宝在。我得留在这里。

孕晚期的时候，我在一场聚会上遇到了一位下了班的妇产科顾问医生。

他举着他的红酒杯指了指我的腹部，神神秘秘又含糊不清地跟我说："生孩子这件事，要么从头到尾都很顺利，要么每一步都很糟糕。没有不好不坏这种中间状态。"

这不是最令人欣慰的声明，但可能是最诚实的声明之一。怀孕的时候，我无忧无虑，并没有意识到在英国，选择性剖腹产是高度政治化的领域。我从没听说过当时名为国家临床评价研究所（对它的朋友们来说，它也叫 NICE）的那家机构，也不知道该机构对于每月每家医院允许进行多少台剖腹产手术有着严格的规定。

我出了门，如约去伦敦一家大型医院见一位友善的专科住院医生（几个月后，当我在手术台上血流不止的时候，她就是那个说"不行，不行，我不知道该怎么做"的人）。我向她说明，我小时候感染了一种病毒，为此在轮椅上度过了一年，这段经历使得我的肌肉、神经和大脑都有轻微损伤。当时负责看护我的神经科医生和儿科医生都说过，如果我要生孩子，得做剖腹产。我的脊椎和骨盆的神经肌肉连接处受到了损伤，这意味着分娩会开始，但不会有任何进展；宫缩不够强烈。

我想问问那位住院医生对此有什么想法——我更希望顺产，毕竟那个诊断结果出自二十年前。我已经排练过这次的演说，进行了精简，只保留精华：我知道住院医生会很忙，产前门诊总是排着长队，我需要让她了解我小时候得过脑炎这条关键信息，除此之外再无别的要求。我只想听一下她的意见：她觉得我顺产的概率有多大？但我话才说到一半，住院医生就紧张兮兮地打断了我。

"这个问题我得和顾问医生确认一下。"她说着便匆匆跑开了。

我等待着。我环顾了一下房间。我研究了怀孕期间不能吃的食物清单。我试着把我的笔记倒过来读。

门又突然开了。一位头发梳得油光锃亮的高个子黑发男人走了进来。住院医生跟在他后头，她向对方介绍了我，男人握住了我伸出去的那只手，但他并没有跟我握手，而是把我整个人从座椅上拽了起来。

"起来，"这是他对我说的第一句话，"走两步让我看看。"

我现在真希望我当时就走掉，但那个时候，我只顾着惊讶，然后照做了。

在看我走了两步后，他断言道："没什么问题。你可以顺产。"

我开口问他为什么这么说，不过顾问医生——我们叫他 C 医生——说服了我。他说，剖腹产是赶时髦，是一种时尚。我看了太多八卦杂志。我向他保证情况不是那样，但他再次让我闭了嘴：我到底懂不懂剖腹产是个大手术？为什么我要被那些名人所左右？我是不是怀疑他在医学上的专业性？我这个人到底是怎么回事，居然会这么害怕这一丁点儿疼？

这时我生气了，试图给他解释，我说我实际上对疼痛习以为常，但他只是用一种极其轻蔑的表情打量着我。

"你声称曾经得过的那种病，"他转过身，目视着正在门口徘徊的住院医生，"叫脑炎，是吧？"住院医生点了点头，C 医生又将目光转向我。"你有什么证据吗？"他问道，嘴角还带着一丝不易察觉却又胜券在握的笑。

"证据？"我难以置信地重复了一遍他说的话，"你觉得我在撒谎？"

C 医生耸了耸肩，但仍然用一种老练的、习以为常的眼神盯着我。这难道就是他屡试不爽的羞辱孕妇、好让她们顺从他的意愿的手段？看起来是那么回事。

"行吧，我应该可以弄来从前的医院记录，"片刻之后，我凝视着他，说道，"这点证据对你来说足够了吗？"这句话的潜台词是，你可别想欺负我。C 医生听出来了，这更激怒了他。"是二十世纪八十年代早期的记录，"我继续说，"出自南威尔士那边的医院，不过我相信他们会帮我整理的。"

他眯着眼睛，用笔敲着桌子。然后，C 医生受够了我。他站了起来，挥手打发我，反唇相讥道："如果你是坐着轮椅来见我的，也许我会同意让你剖腹产。"

对任何人来说，这都是一句很过分的话，更何况我真的曾受困于轮椅中。让我感到恐惧的，并不是 C 医生拒绝讨论我的情况，不是他不给我选择剖腹产的权利，而是他暗指我是装病的懦夫，妄图用谎言换取更轻松的生产方式。还有他那高人一等、仗势欺人的模样，真是太不像话了。我到底懂不懂剖腹产是个大手术？是的，我不懂，我还以为它就跟在公园里遛弯儿一样呢。

到了外面，我才开始发抖，就像因为感染病毒而无法动弹的时候一样。它有专门的名称，叫"共济失调"[1]：四肢不稳，震颤发抖，无法行走，无法使动作协调。我靠在医院的墙上，试图去理解、去弄明白刚刚发生的事，旁边是抽烟的人、等出租车的人，还有停在那儿没出动的救护车。

被人无视、忽略、怀疑到如此地步，这让我有些措手不及。我也感到孤立无援，感觉有人堵住了我的所有出口。我想

---

1 人体姿势的保持和随意运动的完成，与大脑、基节、小脑、前庭系统、深感觉等有密切的关系。这些系统的损害将导致运动的协调不良、平衡障碍等，这些症状体征称为共济失调（ataxia）。

逃离那家医院，再也不回去，但孩子要怎么出生呢？我需要这个地方。我怀孕了，我被困住了；孩子还有不到五个月就要出生了，如果神经科医生的预测成真，会怎样？到时候该怎么办？要是我的身体无法诞下这个孩子，该怎么办？在怀孕这件事上，我太愚蠢，也太自私；如果我没有能力生产，我就不该任由自己怀孕。我之前一直在想些什么呢？

人们在我身边走来走去，无人上前询问。一个人在医院外头靠墙站着，惊魂未定、沉默不语，这并不是什么稀罕或者不太可能出现的景象。最终，一个拄着拐杖、推着输液架、胳膊上纹满航海图案的男人一瘸一拐地走了过来，递给我一支烟。我谢过他，指着我隆起的腹部，摇了摇头。

"有了孩子，"他操着一口浓重的科克[1]口音，友善地跟我说，"你就会早死。"

当我回到家时，威尔见我一副蓬头垢面的模样，感到大为惊讶，然后，他听我语无伦次地讲了这次见面的情况。他在客厅里踱来踱去，走了好一会儿，接着给医院打了电话。跟他通话的是那位北爱尔兰住院医生，她说，是的，如果我愿意，我可以转院，但其他备选医院离我们的住处都很远。她还说，要不然我可以不换医院，但把顾问医生换掉，兴许这样会更好。

1　此处指科克郡（Cork），是位于爱尔兰最南部的一个郡。

如果我再也不想见到 C 医生，再也不想和他讲话，他们可以如我所愿。

而我正好再也不想见到他了。所以我留在了本地医院。我换了顾问医生。我把笔记中每一处写着 C 医生名字的地方都涂上了擦不掉的墨水，然后写下新的女顾问医生的名字。我把他从我所有的记录、计划、文档里抹去。他跟我或是我的孩子再无任何瓜葛。

事实证明，神经科医生在八十年代做的那些预测是对的。我的分娩过程持续了很久，却毫无任何进展：我宫缩得很厉害，然后又渐渐减弱。我觉得我的痛苦达到了顶点——就好像我的身体想要从里朝外翻个面——可是护士只是皱着眉看着绑在我肚子上的监视器。他们说，还不够。他们说，又没了。

我一直试图解释；威尔也是。我对一位被威尔抓着胳膊的助产士说，事情是这样的，我小的时候得过急性脑炎。严重的小脑性共济失调。神经系统损伤。前庭功能紊乱。请检查一下我的生产计划，我的笔记。都在那里面写着。我的神经肌肉接点——讲到这里，我一把扯掉了脸上的氧气罩——它们……它们……有些问题，他们说我需要一个……一个……等等，等一下，你要去哪里？回来。

在我持续分娩的第三天早上，最不该出现的 C 医生出现在了我的床边。我从床上抬起头，看着他；他也弯着嘴角望着我。他还记得我们几个月前见过吗？他有没有看到自己的名字从我的笔记上被抹去的痕迹？我想大喊，你不行，其他人都可以，但你不行，可不知怎么回事，我知道，宝宝的性命掌握在他手里，我的性命也一样。他是那天早上唯一当值的顾问医生：没有其他人了。所以我很有礼貌，我很克制；我没有大叫，我没有让他离开。我可能还微笑着求他给我做剖腹产，我俯卧在床上，在宫缩间隙一个字一个字地说着话。

他扫了眼胎儿的心率图，看了下我的笔记，仔细读了我的生产计划，然后跟我保证说，会给我做手术，就像地主向农奴施予恩惠一样。但 C 医生依然认为我是一个歇斯底里的人、一个耽于幻想的人、一个装病的人、一个喜欢看名人八卦的人。他说，我的记录里会注明，做手术是"应产妇的要求"，也就是说，从医学角度来讲，没这个必要。哪怕有神经科医生的诊断，哪怕经历了三天的分娩和催产素却毫无进展，剖腹产仍然是不必要的。

这之后的第二天，在状况不断的剖腹产手术后，外科医生过来查看我的情况，顺便跟我解释出了什么问题。当时我正坐在床上尝试给宝宝喂奶，他告诉我，问题在于胎儿被卡在所谓的"观星产位"[1]，这种位置让产妇无法自然分娩。外人任由

---

[1] 就是我们所说的"枕后位"，指的是胎儿入盆时，脑后部朝向母亲的脊椎骨。胎儿若出现此种情况，90% 以上在强有力的宫缩推动下，将转为枕前位娩出。

我的分娩过程持续过久却毫无进展,以至于胎儿转错了方向,他的脊椎和我的脊椎对齐,而且因为我的子宫颈没有扩张,他的下巴被迫朝下,头部最宽的部分正对着阴道口。头在下面,看着上面。我们中的一些人就是以这种观星一般的姿势被生出来的。他的左耳被无所不在的宫缩挤压得严重变形,今后需要做整形手术。

胎儿被卡在这个位置,动不了,就连外科医生也很难将他取出来;随后,他开始扭来扭去、乱抓乱拽,在此过程中,不知怎么回事,有什么东西破裂了。所有应该留在体内的东西都出来了。

我问外科医生,问那个把我的肠子放回原位、给我止了血、为我缝合伤口、救了我一命的男人:"如果一百年前,你怀的宝宝在观星胎位,会发生什么情况?"

外科医生不再记笔记,转而抬起头来。他似乎在思考这个问题,犹豫着要不要告诉我真相。"你会难产。"他终于开了口,然后继续埋头去写刚才没写完的东西。

"那孩子呢?"

"孩子会先死,"他头也不抬地说着,"然后是产妇。因为败血症。可能几天后就死了。"

因分娩而死似乎早就过时了,离我们也很遥远,很难危害到我们,更何况我们生活在发达国家,周围也有很多医院。但最近一项调查[1]显示，就产妇健康这个问题而言，英国在179个国家里排第30位。在英国，每6900名产妇中，就有1名因分娩而死，这个概率远远超过波兰（1/19800），奥地利（1/19200）或是白俄罗斯（1/45200）。美国排名比英国略低，在第33位，每1800名产妇中就有1名因分娩而死。排在最后一位的是索马里。世界上排名最低的11个国家中，除了2个国家，其余都在西非和中非。

全世界最常见的产妇死亡原因是产后出血。

小时候，每年圣诞，我们都会被带去看哑剧。我觉得这样的场合让人感到不安，场面也很混乱：穿着裙子的男人，胸部塞着气球，像疯子一样大喊大叫，观众席上的孩子们被领上台站在那里，眨着眼睛，一言不发，打扮成兔子和刺猬的成年人将硬糖扔向观众席，厚重的天鹅绒窗帘上饰有金色的纺锤形纽扣，然后，最让人不安的东西一幕出现——厚厚的、肉色的百叶窗落下，上头印着毛骨悚然的大字：防火幕。

我记得曾经看到一个男人将一位穿着亮闪闪紧身衣的女人关进一个盒子，她躺在那儿，盒子一端是她头上突出来的羽毛装饰，另一端是她穿着拖鞋的小脚。接着，男人将盒子切成了

1　这里的调查指的是国际慈善机构救助儿童会发布的2015年度《世界母亲状况报告》。——作者注

两半，锯子的锯齿在那位花枝招展的美丽女孩身上又砍又磨、越滑越深。

最让当时还是孩子的我感到恐惧的，是她一直在笑，她嘴角微微上扬，冲我们露出牙齿，即便是当男人打开盒子，给我们展示他——这个疯子、凶手、神经病——切割出来的空缺时，她也在笑，我们坐在自己的座位上，目瞪口呆，如同氩气[1]，一动也不动。

当我躺在手术台上，当我被切开，被割裂，当我流着血，当我的肠道外露，出现在体外，那个穿着紧身衣的女人从我的脑海里一闪而过。帘子那边，外科医生对我所做的一切很鲁莽，很粗鲁，也很无礼。我没有笑。我没有晃动我贴着亮片的脚趾。我被慢慢地推上手术台，直到我的脑袋枕在金属边缘上。我能感觉到有手在我的内脏里翻来找去，深入到我的肋骨那儿。血还是流了出来。我第一次看到了我的宝宝，我的儿子，远远的，在房间的另一头，他面目不清，看起来很焦虑，他皱着眉头，好像不确定是否喜欢自己所看到的东西（即便后来到了十几岁的年纪，有时候，我还是会在他脸上捕捉到这种表情）。我说了一句 "把他带过来"之类的话，他将目光转向了我，仿佛我的声音是他在这个房间里唯一熟悉的东西。

我和威尔说好了，不管发生什么事，他都要和宝宝待在一

1　氩（Argon），非金属化学元素，不能燃烧，也不能助燃。

起。在某一天的深夜，我反复叮嘱他："不要让他离开你的视线。"总之，当时我一直很担心生产，担心医院。我读了太多关于孩子没有佩戴身份手环，在出生时被调包的小说，也看了太多与此有关的电影。

我的祖母曾经跟我说过这样一个故事：护士给她抱来一个孩子让她喂奶，她当时就发现那不是她的孩子。护士跟她说，这当然是你的孩子。但我的祖母不是个容易被说服的人：她下了床，去了病房，检查了每个隔间，直到她锁定自己的孩子，那个孩子在未来会成为我的姑姑，而她当时被交给了另一个女人。我一遍又一遍跟威尔重复，不管发生什么事，你都要一直陪着宝宝。

他也一直在履行他的承诺。问题在于，我再也看不到他们了。他们似乎被带去了别的地方，在帘子后头或是另一个房间。更多我叫不上名字的液体注入我体内，我的脑袋垂在手术台边缘。我举起手。我不知道，此刻举手，是为了什么。是要叫停？是要说，够了？还是要说，请帮帮我？

不管怎样，接下来，那个穿着米色手术服的男人突然现身。他离开了之前一直靠着的墙壁，向我走来，他握住了我举起的那只手。他用自己的双手包裹住我的手。我默默地注视着他。直到那一刻，我才明白，当满屋子的人都在极力想办法救我一命，而我却身处险境，这是一种多么孤独的体验。我并不是容易感到孤独的人，我一贯独来独往，但直到那个时候，孤独、寂寞、茫然，这种感受排山倒海一般向我袭来。周围都是人，我却一个人在溜走。

那个男人戴着变色眼镜，双眼藏在棕色的镜片后头。他的头发浓密而粗硬，剪得短短的。外科手术服的衣领那儿露出更多毛发。他牵着我的手，让它环住他的手腕，又将他的另一只手放在上面。他的触碰非常温柔，但很坚定，很肯定。他一个字都没说，却在通过这个动作告诉我，他是不会放手的。他要留在这里，我也要留在这里。我气力虚弱，宛如溺水的女人，却还是尽全力抓住了他。他点了下头，低头看着我，医用口罩边缘缓缓浮现出一丝严肃的笑。

有时候，我会觉得他是不是我想象出来的，是不是我在惊慌失措、在命悬一线之际虚构出来的。但他不是。他在那里，他是真实存在的。

我们的交流完全没有言语。我甚至都不知道他说不说英语。当他们为我缝合的时候，他陪着我；当他们把我从手术台搬到轮床上时，他托着我的头和肩膀。当他们把我推进一间病房的时候，他也在那里。

在那之后，我就没再看见他。我周围突然围满了护士，他们给我擦拭身体，重新摆放输液架，询问药物、止疼片、输血的情况。有人把宝宝抱了过来。

那人看到我和我的儿子团聚了吗？我希望他看到了。当他握住我的手的时候，他教会了我触碰在人际交流中的价值，以及手在其中发挥的作用。当我躺在那里的时候，我还不知道，在未来的岁月里，我会多次想起他。当我四岁的儿子躺在医院的病床上，因为脑膜炎而高烧不退的时候，我从一群主治医生中间挤了过去，用我的双手握住了他那无力的、滚烫的小手。当我最小的孩子被地中海的海浪给吞没的时候，我一跃而下，将她捞出，又把她倒过来，好让她肺部的水排出去。然后，我和她只能坐在沙滩上，裹着毛巾，思索着刚刚差点发生的意外，将她小小的手指包裹在我的手指里。当我的第二个孩子因为湿疹，被折磨得整夜翻来覆去、尖叫不止的时候，我会用我的手按住她的手，让她不要再抓挠皮肤，安抚着她，让她重新入睡。

教会我们一些东西的人，会始终在我们的记忆中留有生动的一席之地。在我遇到那个男人时，我刚刚当上母亲才十分钟，但他靠一个小小的举动，教会了我这份职责中无比重要的一点：友善、直觉、触碰，有些时候，你甚至无须言语。

婴儿与血液

2005

"跟你没关系，"护士说，"这不是你的错。"

我沉默不语。我没有想过可能会这样。我又看了眼屏幕上婴儿的影像。它就在那里。仿佛举止非常得体，端坐在它黑暗的洞穴里，像在等着什么似的。

它好像在说，如果我坐直了，就不会有人注意到。

我知道它应该是什么样子，应该看起来是什么样子：毕竟这是我第二次怀孕了。我知道心跳应该像警笛一样不停闪烁。所以当放射科医生说他很抱歉，说婴儿胎死腹中时，我已经知道了。但我还是继续盯着屏幕，因为我内心深处有某个脆弱的、拢起的地方，希望是哪里搞错了，希望心跳可能会突然出现，希望扫描机可能滚动到更远处，然后测出心跳。

即便是在放射科医生再次开口讲话的时候，即便是在他们说我可以下床穿衣服的时候，我也无法将视线从屏幕上移开。

我想把那个小小的、幽灵般苍白的形象烙在我的视网膜上。我想记住它，尊重它的存在，无论那存在有多短暂。

我们被领进一个房间。穿过走廊，走过拐角，它就在那里，远离产前门诊，远离所有等着做胎儿扫描检查的其他孕妇。

这个房间有窗帘。椅子上有垫子。桌子上放着一本皮面大书，上面有一个牌子，写着"纪念册"。

"这个房间里只能听到坏消息。"威尔小声嘀咕着，盯着窗外，仔细看着墙上的图表。我点了点头。我控制不住自己的眼泪，这很奇怪，因为通常来说，如果我需要忍住不哭，我还是能做到的。我坐在椅子的边上，告诉自己我不能再哭了，我得控制自己，但我做不到。威尔不知道出于什么缘由，递给我一个靠垫，我接过来。我小心翼翼地、谨慎认真地把它放在我的膝盖上。跟你没关系。

护士进了房间。她轻轻关上了门，动作很夸张，就好像怕我们受不了那一点噪声。

"我们称这种情况为稽留流产，"她说，"胚胎死亡，但仍然留在子宫内。"

我又点了点头，点了好几次，因为我还是没法正常讲话。我想到，"稽留流产"这个词说起来一定不太容易。不知道护士是不是练习过，才能说得这么顺畅。口吃的人很难把这个词流利地说出口，其中包括一些双辅音字母串，以及重复的 i 音。我体验到一种短暂的、荒谬的解脱感，还好我从来没有成为一名产前护士，还好我从来没有走上那条特殊的职业道路。想象一下，当你把这个消息告诉别人的时候，却结结巴巴，突然说不出话来，这也太恐怖了吧。我差点把这个想法向护士脱口而出，差点赞扬她在说这个词时发音有多好，说得多么流畅。可就在这时候，我认定，这也许不太合适。

她告诉我，我有三种选择。我可以在全身麻醉的情况下，通过手术把死胎取出，我也可以回家等着，看这种事情会不会自然发生——

"我选那个，"我抬起了头，说道，"我选回家。"

每 5 位孕妇中，大约就有 1 位最终会流产；其中，高达 75% 的流产都发生在怀孕的前 3 个月。[1]另外，前 12 周流产的概率有 15%。每 100 位女性中，就有 1 位会经历反复流产；在英国，因为流产而看专家门诊的女性中，有三分之一患有临床抑郁症。

我想，我们都知道这些数据，或者至少对它们有个模糊的认识。我们知道流产不是什么虚无缥缈的事情，它就在我

1　统计数据出自汤米慈善网（Tommy's）：tommys.org。——作者注

们的身后，追赶着我们，就像安德鲁·马维尔[1]笔下长着翅膀的战车。

所以说，你得等过完神奇的十二周，等你从医院出来，手里抓着黑白超声照片时，你才能告诉人们你怀孕了。只有到那时候，你才能通知你的朋友，你的公公婆婆，你的老板；只有到那时候，你才能出去买一些没有钢圈的胸罩和弹力上衣；只有到那时候，你才可以肆无忌惮地把装产前维生素的瓶子丢在家里；只有到那时候，你才会开始接到亲戚打来的电话，他们建议孩子可以沿用古老的家族姓氏，并且坚持认为每天喝健力士黑啤酒对母乳喂养至关重要，还要把因年代久远而发硬的婴儿针织短外套送给你。

我一直不理解人们为什么会觉得若是一个孕妇刚怀孕不久，她就应该好好保守这个秘密。当然，我也从没觉得需要把怀孕的消息广而告之，但在我看来，怀孕的每个阶段都很重要，足以改变人生，不论你处在哪个阶段，你都可以把你怀孕的消息告诉你的亲人。即便是发生像流产或是胎死宫内这种可怕的事，难道你不希望你的密友、你的家人知道吗？到了这种时候，除他们以外，你还能向谁求助呢？不然，你要怎么解释你为什么如此悲伤，为什么脸上写满了惊讶和痛苦，为什么流着泪，为什么感到震惊？

1　安德鲁·马维尔（Andrew Marvell，1621—1678），英国诗人。

要知道，哪怕是在很早的阶段，失去一个婴儿，一个胎儿，一个胚胎，一个孩子，一个生命，也会给人带来一种前所未有的冲击。从理智上来说，你知道存在这样的可能性：早在你看到验孕棒上的竖线，在你每天寻找是否有流血的蛛丝马迹时，你就告诉自己这事可能会发生，你告诉你自己不要太高调，不要期望过高，要理智，要理性，要平和。但你从来没有这些方面的天赋，况且你的生理情况、你的身体在唱反调，它分散你的注意力，让你沉迷其中、感到快乐：你的血容量增加，血液沿着你的血管跳动，你的胸部像面团一样膨胀，挣脱了胸罩的束缚，你的心脏功能增强、肌肉增加，你的食欲听到了召唤，响应了需求；在午夜时分，你发现自己出现在厨房里，注视着薄脆饼干和鱼酱、葡萄柚和哈罗米芝士。

你的想象力与你怀着孕的身体步伐一致：你刻画出一个女孩，一个男孩，又或许是双胞胎，因为你的家族里有不少双胞胎，有同卵双胞胎，也有异卵双胞胎——你的父亲就是这样一个例子。它会长着一头金发、深色头发、红褐色头发、卷发。它会很高、很娇小。它会长得像它父亲、像你、像它哥哥，又或许结合了你们三人的特点。它会喜欢画画、撑竿跳、火车、猫咪、水洼、沙坑、自行车、棍棒、塔楼模型。你会带它去游泳，你把树叶耙成一堆，然后点上火，你沿着滨海推着它，你把它放进它哥哥曾经用过的篮子。你告诉自己不要蠢到看到什么都买，可然后，你在一家商店里经过一只用柔软的蓝色羊毛编织成的兔子，它扎着黄色的丝带，露出一副惊愕、诧异的表情。你退回去，你犹豫不决，你拿起了它。动作飞快，趁着没人在看。你想象自己把这只兔子放在医院的婴儿床上，孩子可以看着它。不出所料，你拿着它走到收银台前，交了钱，行色匆匆，鬼鬼祟祟。你把它带回家，用纸巾包好，然后把它藏在抽屉下面。当你独自一人时，你会把它拿出来看一看。

你迅速翻阅姓名大全，心里想着：西尔维，阿斯特丽德，拉克伦，艾萨克，还是拉斐尔？它会是谁呢？谁会出生呢？

未来的许多年里，这样的情况会在你身上发生好几次，当它发生的时候，随之而来的冲击就好像落锤[1]带来的冲击。每当你躺在扫描床上，在放射科医生检查屏幕上的影像时，你都会目不转睛地盯着他们的脸，你会学着识别他们的表情——看起来有些失望，或是皱着眉头，抑或是面色凝重、犹犹豫豫——在他们开口之前，你就知道，这次也没能保住胎儿。

每一次，都很难忽略内心对自己无能的指控。你的身体出了问题，不具备这种最为自然的功能；你甚至没法保住胎儿的性命；你很没用；甚至在成为母亲之前，你就是个有缺陷的母亲。

你试着告诉自己，不要听信那些坏心眼的精灵。跟你没

1　落锤（wrecking ball）悬挂于吊车上，供拆除建筑物用。

关系。

出于某种缘由，你的身体无法正常运转（某些充满恶意的声音在你耳边低语道：它在这方面都失败了，你甚至无法流产）。你的身体系统没有收到一切都结束了的信息。你的荷尔蒙急速上升。所以，在你看来，从来没有出过血，没有任何胎停的迹象。你只有到扫描时才发现。你会到处走动，感觉自己怀着孕，看起来有孕在身，实际上也依然在怀孕，但胎儿已经死了。有时候，你在生理上不知道该拿胚胎的死亡怎么办，这让你感到愤怒、崩溃；其他时候，这似乎只是一种恰当、理智的做法。你的身体在说，为什么放弃，为什么就这么算了，为什么要接受这样的结局？

于是，在黑暗的扫描室里度过那个糟糕的时刻之后，你总是被带去其他地方，在那里，你必须等某人过来，跟你讲"接下来会发生什么"。有时候，是合情合理的地方，比如专门听坏消息的房间；其他时候则不是。有一次，在一个其他孕妇都在排队等扫描的地方，你被要求在后面等着，当你坐在那里咬着牙齿、双手掩面时，她们注意到了你，感到又惊又吓。她们害怕得不敢坐在你旁边，就好像你得了传染病一样，所以你被孤零零地困在了一整排塑料椅子上。还有一次，你被领进一个房间，你刚走进去，立刻就意识到那是一间产房：床铺还是皱巴巴的，墙上有斑斑血迹；空气里充斥着尖叫和劝告声，然后你突然听到了新生儿的哭声。你难以置信地坐在那里，听着隔壁房间有人临近分娩的高潮。你有些精神错乱，给朋友发了一条信息，你写道：没有心跳，我被安排在这里等着，你猜是什么地方，产房。她回复了你：离开那个房间，走出去，我来接你。

你确实走了出去。护士想拦住你，但你没有听。这种情况你已经经历过很多次，你完全知道"接下来会发生什么"。当你走下楼梯，离开扫描科室时，你有了一种念头，一种想法，你觉得自己每走一步，孩子都会离你远一些。你感觉到它在松开手指，将自己的手指和你的分开。你感受到它的肉体在瓦解，变成了一团薄雾。那个金发、黑发或红褐色头发的孩子已不复存在；他们可能会成为的人，可能会拥有的孩子已不复存在。你和你丈夫基因的特殊编码组合已不复存在。你给儿子想象出的弟弟或妹妹已不复存在。用薄纸包得好好的针织兔子——它被塞进了橱柜后面，因为你没法把它扔掉或是送人——已不复存在。你未来一年的计划和期待也已不复存在。没能盼来孩子，孩子不会出生。

你必须适应这个新局面。你必须放弃这一切。不管用什么办法，你得顺利度过预产期：你会害怕它的到来。那一天，你会觉得身体很空虚，你会觉得胳膊绵软无力，你还会觉得家里空空荡荡。你必须拦截妇产科不顾一切、不断向你发来的信件。你必须把它们从垫子上捡起来，几乎要迫使自己相信，你根本没有看到它们，你不知道它们是什么。你把它们撕得粉碎，扔进垃圾箱里。

你会看到你的身体走了回头路，变回了原来的样子，卸下了重任：虚弱感慢慢褪去，你的胸部缩了回去，你的腹部变得平坦，你的食欲消失了。

你会头一次接受全身麻醉，在你失去知觉的时候，胚胎会从你体内被取出。之后，每当再次发生这样的情况，你都会把自己送进医院，服用诱导分娩的药物，你拒绝服用止痛药，不知道为什么，你想要感受疼痛、感受不适、感受剧烈的痉挛：似乎很有必要经历这一切，体验这样的结局，感受被撕裂的滋味。每一次，你都会坚持要留下胚胎的尸体，争取可以把它们带回家。但不管你在哪，不管你在哪个城市，这样的要求似乎经常会引起恐慌。一个医生说，你不能把它带走，因为他"需要它"。

你盯着他看了一会儿，心下好奇，到底是他真说了这句话，还是自己幻听了？"我需要它。"你说。

"不，你用不着。"医生摇着头说。

"但它是我的。"你嘀咕着，将手握成拳头，多了一分威胁的意味。

你姐姐陪你度过了这漫长的一整天，她深知接下来可能会发生什么（"别激怒她"），于是从座位上站了起来，和医生一起走到走廊上。你不知道她对他说了些什么，但她回来时带着一个小小的、悲伤的、包装好的包裹，把它递给了你。

如今有一种思想流派认为，女性在流产后能像什么都没发生一样，快速新陈代谢，从容面对生活。那就是一次月经不调，我一个朋友的婆婆曾如此轻描淡写地对她说过这样的话。

对此我要说：为什么？我们为什么要若无其事地继续生活下去？孕育出一个生命，接着失去它，这不是一件寻常的事；这是一件非常不寻常的事。这些过往应该被标记，应该被尊重，应该得到公正的对待。不管多么渺小，不管多么原始，它都是一个生命。它是来自你，以及你爱的那个人（大多数情况下是这样的）的细胞的集合体。是的，每天当然都会发生更糟的事；没有一个正常人会否认这一点。但把流产当作一件小事，当成你需要忍的气吞的声，然后继续生活，这种做法对我们自己，对我们活着的孩子，对那些只活在我们体内的新生儿，对我们在短暂的孕期里想象出来的那个人，对仍然在我们脑海中挥之不去的幽灵般的孩子，对那些没能来到这个世界上的人，都是一种伤害。

就在我已经流产的婴儿本该出生的那一周，我在读希拉里·曼特尔[1]的回忆录《放弃幽灵》时，看到了下面一段话：

1　希拉里·曼特尔（Hilary Mantel，1952— ），英国女作家，代表作有《狼厅》《提堂》。

（孩子的）生命早在出生前，早在受孕前就开始了，如果它们夭折、被流掉，或是根本没有出现，它们就成了我们生命里的幽灵……不管它们是否有姓名，不管它们是否被承认，那些没有出生的孩子，都有办法坚持自己的诉求：都有办法让人们感知到自己的存在。

如果有人问我，我可以毫不犹豫地立刻准确说出我流产掉的孩子要是活到现在，应该有多大。这很奇怪吗？很恐怖吗？我不知道。这是我非常重视的信息。从来没人问过我这个问题，也许永远不会有人问——流产依然是一个禁忌话题，女性基本不会提起这个话题，也不会互相分享或讨论相关经历。我一只手就能数出和朋友谈起这个话题的次数，这很奇怪，要知道，这种事情非常普遍。

为什么我们不多谈谈呢？因为这个话题太过发自肺腑、太过私密、太过内在。而它们都是些从未呼吸过空气，从未见过光的人、精灵、灵魂。它们如此无形，如此转瞬即逝，以至于在我们的语言里，甚至都找不到一个词来形容它们。

第一次发生这种事的时候，我离开了专门听坏消息的房间——当时我甚至不知道，也没能想到，这种事会发生不止一次。我回了家。我半路又折返回去买止疼片：护士说过我可能会需要它们。我还需要买些产后卫生巾，当威尔和我在城外购物中心一家大型药店的走道上来回踱步时，我猛然想到，它们应该在所谓的母婴区。

我在一个假睫毛陈列柜旁边停了下来。

"怎么了？"威尔说着，握住了我的手。"你没事吧？"

我尽可能用最少的词汇，跟他说了母婴区的事。我把那一区指给他看。那里有一个标识，上面画着一个裹着尿布在爬行的婴儿，正转过身子对着镜头笑。

我们离开假睫毛陈列柜，穿过铺着瓷砖的地板。我看不见，也不去看新生儿的睡衣、尿布、一罐一罐的婴儿食品、婴儿护臀膏、卷成枕头一样柔软的棉绒、乳垫、奶粉罐、奶瓶、微波炉和灶具消毒器、特价商品、把豆荚大小的小人儿裹在婴儿背巾里的女人，我看不见他们，我看不见。我这样告诉自己。

当我回去的时候，我的儿子正在狭窄的窗台上把玩具小汽车排成一排。

"你好呀。"我说。

他低着头继续玩游戏，但自顾自地笑着，然后轻轻地喊了声"妈妈"。他不太喜欢打招呼，也不喜欢道别。"一个'厅车尾'。"他转而说道，意思是"停车位"。他把一辆车塞进另外两辆车中间。

"太棒了。"我说。我看着他。我盯着他。我无法移开视线。他脖梗的凹陷，他指关节附近的凹痕，他打着旋儿长在头上的头发。他像一个奇迹。

"你去哪里了?"他用坚定的、充满童真的目光盯着我，问道。

"医院，"我说，"但我现在回来了。"

他仍然目不转睛地看着我，一只手里拿着一辆黄色的小汽车。但他没有再问其他什么。

我进了卧室，把衣柜里所有的孕妇装都拿出来扔到了地上。我又脱下我身上穿着的衣服，把它扔到地上那堆衣服里。我试着把它们分门别类，叠起来，试着把上衣放到最上面，然后是裤子，但不知怎么的，我又哭了起来，卧室里很冷，冻得我瑟瑟发抖。所有的东西都纠缠在了一起：毛衣的袖子缠着裙子的下摆，裤子里朝外，胸罩的钩子钩在 T 恤上。我把所有衣服都朝房间另一边的墙上扔去。

威尔从门口走了进来。他欲言又止。

"能不能请你拿个盒子，把这些都装进去?"我尖叫着，这是我今天第一次提高嗓门，那感觉出奇的好。

他绕着床走了一圈，清点散落在地上的衣服。"这是什么?"他问。

"是我的孕妇装。我想把它们收起来。"

我在房子里走来走去，把所有和婴儿有关的东西都收到一起。浴室里有一些妊娠药膏，架子上有几本相关的书，我又找到一瓶叶酸片；还有医院寄来的信封，里面有产检预约的详细说明以及预产期；还有朋友寄来的卡片，上面有婴儿车、鹳鸟[1]和婴儿毛线鞋的图片。我把所有的这些都放进威尔留在床边的一个盒子里。我用力地盖上盖子。我用胶带把它封好。

如果胎儿死了，那你还怀着孕吗？我一边推着儿子荡秋千，一边问自己这个问题。天气很冷。我给儿子戴了手套和帽子，又给他围上配套的围巾，还给他穿了靴子和厚厚的袜子。一团白气从他嘴边呼出。

它还算数吗？我对自己说，你的体内有一个胎儿，但它死了。它还在里面。我想象着它用指尖紧紧抓着那些有弹性的天鹅绒似的内壁，靠在上面，不肯放手。我想要它出来，这比什么都重要。最重要的是，我想要它留下来。

一个女人把一个比我儿子大的小孩推到我们旁边的秋千上。她朝我笑了笑，我也对她笑了笑。她直起身子来，我看到她腹部隆起的曲线，那儿的衣服被拉扯着撑开。八个月，太明

---

1 在西方传说中，有一种名叫鹳的鸟，这种鸟是运送孩子的。据说，送子鸟落在谁家屋顶造巢，谁家就会喜得贵子，幸福美满。

显了，也许将近九个月。再过一个月，她就会有一个宝宝，它会从她体内出来，会有呼吸。

她站在秋千的对面，直到她开始推秋千的时候，我才注意到，她的孩子不止那两个，她身后的双人童车里，还有一对双胞胎，当我看到这些，当我看到周围都是孩子，都是她的孩子，我脑海里闪过一丝对她的恨意，这让我感到羞愧难当，不得不转过身去。

"你觉得我们应该拿它怎么办？"那天晚上，我问威尔。

他正躺在沙发上读一份报纸，发出"嗯？"的一声，但并没有停下来，于是我走过去，站在他面前。

我说："等它出来的时候，我不知道该拿它怎么办。虽然现在还不知道那会是什么时候。"

他抬起头。

"我不想把它埋起来，因为我们在这里住不了多久了。我的意思是，你想想，等我们去了别的什么地方，它一个人被留在这里，在这座城市里，在这栋公寓的花园里。我不想那么做，一点都不想。在我看来，这个想法太可怕了。我永远也不会那么做。"我语速很快，但我仿佛停不下来。"所以我不知道该怎么办。你觉得呢？"

威尔还是看着我。报纸在他手里被捏得越来越皱。"嗯。"

他说。

"我在网上查过了，"我说，"他们有各式各样的互助会之类的组织，还有聊天室，你知道的，是给那些……那些……那些与我们处境一样的人准备的。"

"真的?"

"嗯啊。"

我没有告诉威尔，在他入睡后，我花了很多时间在这些幽暗的、虚幻的、昏暗的地方，在那里，陌生人用奇怪的缩写敲出了自己内心最深处的痛苦：痛苦之人的摩斯密码。GTH 的意思是"去了天堂（gone to heaven）"，这种设想会让我露出痛苦的表情。DD 的意思是"死去的女儿（dead daughter）"；DP 的意思是"亲爱的伴侣（dear partner）"。你可以写下对方的名字，然后用重复的小括弧包围住这个名字，算是送上了虚拟的拥抱——括号越多，情感越强烈。你可以在自己的名字旁写下你流产的次数，以及每次是在第几周。屏幕上会出现煽情造作的动画，动画中有一些婴儿，它们长着闪闪发光的翅膀。我从来没有发过任何东西，整件事都让我觉得格外不适，但是，不管怎么说，我还是沉迷其中，我无法移开视线，我滚动浏览那些我不认识、也永远不会遇上的人的不为人知的苦痛，以此来打发失眠夜晚的黑暗时光。

"总之，"我说，"有人把骨灰和土壤混在一起，装在罐子里，然后在上面种朵花。"

威尔将报纸放在一旁，皱着眉头揉了揉他的前额。

"我不喜欢那样，"我最终说，"你呢？"

他似乎没法回答，没法参与到这场谈话中来，于是我转过身，拿着电话去了壁橱里，洗衣机在里面嗡嗡作响，我坐在黑暗中，拨通了朋友的电话。

"我不知道等它出来后，"我说，"该拿它怎么办。"

我能听到她在思索。她是医生。她学习的时间是我的两倍。她有很多头衔。她每天都在救人性命。她懂得很多。

"你需要去做手术。"她用调整过的平缓语调说道。我不知道她在跟自己的病人交流时，在告诉他们一些令人遗憾的检测结果或糟糕的消息时，用的是不是这种语调。"流程非常简单。你会接受全身麻醉，等你醒来，一切都结束了。明天打电话给他们说下你的情况。约一下时间。"

"我做不到。"我说。

洗衣机甩着衣服，咣当作响。我看到儿子最喜欢的一件衬衫的袖子伸向了一件睡衣的下摆。

"你要把它留在体内多久？"她反问我，"一直这样等着，对你没有任何好处。更何况这很危险。他们不应该让你就这么走掉。"她嘀咕着，几乎是在自言自语。

"危险？"我重复着，提高了音量，"怎么可能会危险？胎儿都死了，还能有什么——"

"我是说对你来说很危险。"

"对我?"

"是的。他们没跟你说吗?"

我把门打开一条缝，看向儿子的卧室。门口很黑，静悄悄的。"没有，他们没说。"我说着，用脚抵着房门，让它不会完全合上，眼睛则盯着儿子正躺着的那片柔和而昏暗的空间。"为什么危险?"

"一直留着孩子会有感染的风险。随着时间的推移，这种风险会越来越大。用你的脑子好好想一想。这不正常，它在你身体里待多久了——"

"是吗?"

她叹了口气。"我不知道为什么会发生这样的事。为什么胎儿没能保住，为什么你的身体没有将它自然流掉，为什么它没有离开，但有时候，就是会发生这样的事。不太常见。你永远也不会知道到底是什么原因。可现在，你需要做的是把自己的安全放在第一位。"

我穿着拖鞋用脚趾将房门推远，让它摆回来，再推远，又摆回来。我没有回答，转而摆弄起架子上洗衣粉来，又在翻滚的洗衣机里寻找儿子的衬衫。

她又用她那温和的声音说了句:"如果两天内它没出来的

话，我就亲自跟你预约。"

　　我们去了海边。天青石色的天空下，大海是淡银色的。在地平线附近有一朵云，就像一团白色的起绒草。儿子一只手提着桶，另一只手拿着一块木头，在沙滩上绕着圈跑来跑去。冬日里的太阳很低，迫使我用手遮住眼睛。

　　我背过身跪在地上，开始给儿子挖洞。他喜欢洞穴。他在我周围的沙地上活动，总是待在离我不远的地方，像一只被拴住的小船。

　　我挖着洞。水从我的裤子膝盖处渗进来。塑料铲子开始弯折了，但我用手指撑着它。我听到身后某个地方，威尔的手机响起了刺耳的铃声，他说："是吗？你还好吧？"儿子也在我身后，自言自语地说着什么。我把洞挖得越来越深，一直挖到水涌出来，挖到我每一铲子下去，都带起水和沙子混合而成的水泥。我把它甩到我旁边的沙堆上，我心里念着的，脑子里想着的，是"羽毛"。

　　最重要的是，它看起来像一根羽毛。像那样卷曲着，灰白色，漂浮着。当我想到"羽毛"这个词，想到它消逝的两个音节，想到这个词在念出口时的沙沙声，儿子出现在了我的胳膊肘旁，拿在他手里的，是一根羽毛。

　　我握着铲子，停在洞口上方。我盯着他。

"这是什么?"他问。

我看着那东西。它是白色的,轻飘飘的毫毛在微风中颤抖,儿子用大拇指和手指抓着它。我清了清嗓子。

"是一根羽毛。"我一边说着,一边找寻威尔的踪迹。我想跟他说,过来。你知道发生了什么吗?但他在海滨大道的围墙边,手机紧贴着耳朵;他一边踢着海藻,一边时不时地说着什么。

"'羽猫',"儿子跟着重复,他在听到一个全新的单词时总是会这样,"'羽猫''羽猫'。"

"是的,"我说,"羽毛。是鸟身上的。你知道吗,当它们飞起来的时候——"

但那没有引起他的兴趣。"给你。"他说,我接过来,接过羽毛,我把它放在掌心。

我好不容易才说出"谢谢"二字。

此时,我的儿子一副公事公办的样子,果断而坚定。他伸出手指了指。"大海。"他说着,拉起了我的手。

我们走向大海,海浪在光滑的沙滩上起起伏伏。儿子对他长筒胶靴留下的脚印大为吃惊。我用双手捧着羽毛。我以为我要哭了,但我没有。

我把羽毛举过我的头顶,把它举得高高的,儿子仰着脸看着它。我让它落下,松开手,让它飘到空中。我以为它会打着圈儿掉在地上，儿子也许会喜欢这样，他可能会把它捡起来，说再来一次，再来一次。但它没有。它似乎无所依托，却升得越来越高、越来越高。我们一起望着它。它在我们的头顶正上方，飞得越来越高、越来越高，然后消失了。

我转过头去看着他，看着他斜视着天空的面孔，看着他裹在红色外套里的身体。

"飞走了。"他说。

我点了点头。我握起了他的手。我们开始沿着沙滩往回走，我看到威尔正在朝我们走来，他不停地招着手，好像生怕我们看不到他，好像我正远远地待在黑暗的、人潮拥挤的平原。

肺

2000

我在印度洋的浅滩里，远在碎浪之外，我的肩膀和头浮在海面之上。这是我在海里最喜欢的地方，翻滚的海浪正好在我身后攀上最高点，又落下，发出嘈杂的喧嚣声，如惊雷一般，而且这里离岸边很近，陆地一览无余。

　　我人生中有大部分时间都生活在海边：如果我没有每隔一阵子就去海边，如果我没去海边散步，没把自己泡在海里，没有呼吸它的气息，我就会感受到它的缺席，我就会感觉到有股力量在拉扯着我回到它身旁。我会去伦敦附近的海岸游玩——萨福克[1]茶色的海浪，埃塞克斯[2]平坦而满是淤泥的沙滩，还有萨塞克斯[3]铺着鹅卵石的斜坡。我自小就经常在海里游泳，哪怕是最冷的水也无所畏惧。

1　萨福克（Suffolk），英国东部的一个郡。
2　埃塞克斯（Essex），英国东南部的一个郡。
3　萨塞克斯（Sussex），英国东南部的一个郡。

我发现，我能从大海中获得极大的慰藉。卡伦·布里克森[1]曾经在她的《七个哥特式故事》里写道："我知道有一样东西可以治愈一切：盐水……各式各样的盐水。汗水或眼泪，或海水。"

在我还是个孩子的时候，我最喜欢的一本绘本，讲述了一对夫妇的故事，他们二人膝下无子，住在外赫布里底群岛的一间渔民小屋里。有一天，男人在海岸上发现了一个被海水冲上岸的婴儿，他把它带回家，交给自己的妻子。他们知道，它是个海豹人，一种能在海豹和人类形态间自由切换的生物，他们竭尽所能阻止那男孩靠近大海，好让他困在人形中。当然，这没什么用。

我在卧室的地板上躺了好几个小时，全神贯注地研究书里的水彩插图，插图里画了悬崖、海浪、风暴，还有一页画的是男孩一跃而下跳进大海，变回海豹。海豹人的双重性激发了我的想象力：那种变形人可以在两种存在方式间切换，那男孩渴望拥有一种不同的形态，爱尔兰和苏格兰神话中也有这样的角色。只要情况允许，我就会跳进海里，将头埋入水中，等待变形的到来，等待四肢缩回去，等待头发消失，等待海豹皮包裹着我。结果，我发现我依然还是人类形态，于是我垂头丧气、

1　卡伦·布里克森（Karen Blixen，1885—1962），丹麦女作家，笔名伊萨克·迪内森（Isak Dinesen），著有《走出非洲》（Out of Africa）。《七个哥特式故事》（Seven Gothic Tales）是其短篇小说集。

倍感失望地重新浮出水面。

当我在印度洋里踏水而行的时候，海豹人绘本中的水彩书页在我的脑海里一闪而过。变形和变体的念头仍然对我有吸引力。这里的水是绿色的，闪着大理石般的白色波纹。它在我身下晃动，温暖而柔软。它在更靠近沙滩的卵石上抓来抓去，发出隆隆的声音。我看到嶙峋的棕土色悬崖，一排简陋的棚屋，顶部是黄色的参天大树。我能看到一排山羊悲伤地走下小路，走起路来叮当响个不停，一群女人走入海里，沉下去，身上的纱丽[1]浮在她们周围，像明亮的、镀着金边的降落伞。她们的欢声笑语穿过海水，腾跳着朝我而来。岸边更远的地方，有两个男人在用扫帚给一头大象擦身子，那头巨大的动物十分满足地享受着这种待遇，它闭着眼睛，小小的浪花在它弯着的庞大膝盖附近涨涨落落。

我随着大海的脉动，浮起又沉下。我等待着时机，在大海与浪头之间蹚着水，让海浪的波峰逼近我，举起我，放下我，然后继续前进。我躺在海面上，仰头看着万里无云的清冷天空，想着也许我应该去室内，想着接下来去哪里参观，想着前一天黄昏时分在悬崖顶上的瑜伽课，想着教练那悦耳动听的声音——当我们弯下腰，凝视着自己的踝骨，胳膊向后、缠住骶

1　纱丽（sari，又称纱丽服）是印度、孟加拉国、巴基斯坦、尼泊尔、斯里兰卡等国妇女的一种传统服装，是一种用丝绸为主要材料制作而成的衣服。

骨的时候，教练抚慰着我们，说道："一切都很正常。"

一开始，我察觉到自己被拉向了旁边，仿佛我正坐在卧铺列车上。水流以突如其来而果断的力量汇集在一起。我及时调整了自己，看到沙滩像消失的布景，离我越来越远。这个时候，我还没有太担心。我知道，大海难以预料。会没事的，不是吗？我告诉自己，这就是一道激流，一道狭窄沟渠似的水流，正向大海冲去。虽然我没经历过，但我听说过。很久以前的一节地理课上，我还曾经画过它们的形成原理图，用了不同颜色的铅笔去突出水流的相反方向。

我看到威尔躺在一条毛巾上，他的书摊开了放在那儿。我看到穿着纱丽的女士。我看到大象，此刻它正站着向空中喷水，水溅在它长着横纹的身体两侧，溅在它的两名看护人身上，溅在他们的扫帚上。一切都以超出我想象的速度，从我身边消失。我拼尽全力游了起来，但现在，我离海岸很远，海水迅速将我推开，我的扑腾都是徒劳。就好像有什么东西或什么人从后面拉着我的比基尼肩带，阻止我前进，并对我试图逃跑的行为嗤之以鼻。

我这才想起来，想要离开激流，必须沿着和海岸平行的方向游。那么，好吧。我把自己转了九十度，就在这时，我听到哗啦一声冲撞，像雨打在锡皮屋顶。我转过身。在我身后，有一道水墙，是我从未见过的巨大海浪，白浪滔天，它正要从波峰落下。我甚至来不及哭喊，来不及尖叫，来不及求助。在看到它的下一秒，我就被卷入其中。它撞上了我，捉住了我，一把将我推到水下。我被困住了，像个玩偶，像个木偶，处于风口浪尖，任它摆布。我感觉仿佛有人按着我的后颈把我往下推，我想起学校里的一位游泳教练，他让我跳水，让我从泳池边跳下，用头骨的顶端劈开水面。我想照做，但发现我做不到。我在那里踌躇不决，我捏紧了双手，双脚紧紧贴着潮湿的瓷砖，教练按住了我的后颈。我被他的手按着，说，我做不到，教练对我皱起了眉头，说，没有做不到（can't）这个词，我记得我当时懵了，我被这个愚蠢的回答给弄晕了。怎么会没有这个词呢？当然有。它是两个单词的缩写，但这不妨碍它仍然是一个切实存在的词：大家都知道。

海浪将我翻了个面，我像一个杂技演员，像被施以磔轮酷刑的圣凯瑟琳[1]。我感觉我的双脚被举了起来，整个人头朝上脚朝下，热量和压力都汇聚到我的头部。我的侧脸和眼睛遭到了猛击，海水冲得我紧闭的双眼直冒金星，我的牙齿重重地咬在舌头上。激流内部的噪声大得惊人，水、空气、压力和各种

---

1 圣凯瑟琳（Saint Catherine of Alexandria，约287—约305），基督教圣人。凯瑟琳原本是异教徒，但十来岁便皈依了基督教。据说她访问了她的同辈人，罗马皇帝马克森提乌斯，并试图劝说他相信迫害基督徒是个道德错误。她成功地令皇后皈依了基督教，皇帝派来与她论辩的许多异教徒哲学家也在她的劝说下皈依了基督教。这些人随后很快便殉道了。皇帝不能辩赢她，便把她关进监狱；当访问她的人纷纷皈依时，她被判死刑，以磔轮（breaking wheel）这一酷刑工具行刑。根据传说，当她触碰到轮子时，轮子自己就坏了，所以她最后被斩首。

力量奔腾着，震耳欲聋。

我不知道往哪个方向游可以上去，往哪个方向游是正确的，不知道自己现在离海岸多远，也不知道自己是在往海岸去，还是在往公海去。我立刻拼命挥动四肢，像一个在太空中坠落的人，希望能感觉到什么，以确定方向，找到空气。海浪仍然抓着我，将我向前推。接着，我感受到卵石擦过我的身侧。在海底，我像一张砂纸一样被摩擦。我双手用力划水，双脚用力一蹬，冲了出去，向上冲去，冒出了水面，我喘着气，又是咳嗽，又是干呕。

我抬起头。我回来了，在沙滩上，在印度，在齐膝深的水里，在天与海之间，本以为我会离世，却还活着——时间几乎没有流逝。我感觉自己像是个被精灵绑架的人，滑过一道时间裂缝，仿佛我离开多年，归来时却发现一切如故。我爬向前，穿过浪花，吐出嘴里的水，拨开盖在眼睛上的一缕缕湿头发。

场景完全没有任何变化。我就像勃鲁盖尔[1]笔下的伊卡洛斯[2]，在画布不起眼的角落里坠入海浪，没人注意到我的不幸遭遇。一切都和之前一样：女士们在海里，山羊走向棕土色悬崖，大象被领向沙滩。

---

[1] 此处指彼得·勃鲁盖尔（Pieter Bruegel，约1525—1569），乃荷兰著名画家。

[2] 伊卡洛斯（Icarus）是希腊神话中代达罗斯的儿子。勃鲁盖尔的这幅画描绘的是伊卡洛斯在坠海时的情景，右下方的海面上是伊卡洛斯坠落后，沉入海面只留下半条腿。但无论陆地上的农民还是船上的水手的人们依然是在劳作和休憩，仿佛什么都没有发生一样，没人在乎伊卡洛斯这个飞行者的坠落。

我试着站起来，但似乎做不到，还不是时候，于是我跪在浅滩上，任由伤不到我的碎浪从我身边来回涌过。我理了理泳衣，看着海水将我皮肤上的血卷走，仿佛它需要血，在心里对我的血有所企图。我环顾四周，看着在地上洒下黄色尘埃的金合欢树，看着参差不齐的边缘透着光辉的卷云，看着沙滩上的空毛巾的边角处，看着长方形的红毛巾拍打着土赭色的土地。

　　我意识到自己正在经历一生中的一个重要时刻。我觉得既震惊，又离奇，有种似曾相识的感觉，又不知未来会怎样。就好像我突然少了好几层皮，好像世界比以往任何时候都离我更近，更触手可及。在我看来，万事万物的色彩都如此鲜艳，声音都如此刺耳，仿佛有谁拧松了某个旋钮。人们站在路边说着话，这喧闹声让我想捂住耳朵。

　　我第一次有这种感觉是在五岁左右时。当时应该是冬天，因为我戴着浅粉色的马海毛连指手套，穿着一件系扣羊毛大衣，天鹅绒衣领破了，而且褪了色。手套系在一根松紧带上，松紧带则穿过了外套后面。（在我写下这些内容的时候，我明显有种感觉：是我的祖母织出了这副手套；很可能是这么回事。）我在当地一家商店的外边，一只手握住木质门把手，整个人荡来荡去，让我闲着的那只戴着手套的手去触碰另一只，然后把手放下。每荡一次，两只手套之间的松紧带就会拉扯着我的后背。

我一定是在等我的妈妈，她应该在里面买杂货——当时是二十世纪七十年代中期，把孩子留在商店外面的人行道上是完全可行的。

我记得，在我荡来荡去的时候，有什么东西转移或是停留在了我身上，让我获得了额外的视野，能看得更深远。我的感知突然被重新校准，抑或是产生了分支。我既能从上面看到自己，也能从里面看到自己。我觉得自己非常渺小，非常微不足道，觉得自己是一个在广阔的场景中移动的小小机器人，与此同时，我又异常敏锐地意识到自己是一个有机体，是人类的缩影。抓着门把手时，我能感受到手套上密密麻麻的针脚压进了我的手指。我能隔着那些无穷无尽重复的针脚，感受到木头的纹理。我听到我的头发在帽子里发出噼啪声，我能感受到冷空气钻进我的衣服，进入我的身体，我能看到它在离开我时形成的有形气流。我同时意识到，时间是巨大的连续统一体，也意识到自己在其中的延续很短暂，很微不足道。在那个时刻，我可能是第一次知道，终有一天我会死掉，在某个时候，我的手套、我的呼吸、我的卷发、我的帽子都将不复存在，我什么也不会留下。我第一次感受到这种信念。感觉死神就站在我旁边。

在印度的沙滩上，当我坐在水里时，某些类似的事情正在发生，但又不一样，每次都不一样。在我体内凝固、生根的，不是死神向我发出的暗示，而是另一种东西，它将这个地方和一种死里逃生的感觉，一种在事态不受我控制时逃脱的感觉紧密结合在了一起。再次转危为安的感觉，与金合欢树、山羊、把我掀翻的海浪、肉桂皮烤焦的松香味交织在一起，不可分割。

我挣扎着离开大海，摇摇晃晃地爬上沙滩。当威尔看到我，看到我流着血的额头，看到我被擦伤的身体一侧时，他跳了起来。

"我的老天，"他说，"你怎么了？"

"大海，"我一屁股瘫坐在地上，语无伦次地说着，"一道浪。"

"你还好吗？"

"嗯。"我拿起毛巾的一角，轻轻擦去血迹，"我没事。"

循环系统

1991

我走在遍地垃圾的庆典场地上。音乐的旋律、对话的碎片、吐出的烟雾环绕在我身边。太阳快要落山，低低地挂在天上，但我裸露的圆润肩膀、我的鼻梁、我的脖子根部依然能感受到它的热量。靴子下干燥皲裂的土地回荡着远处舞台上连续不断的低音。

　　我在找我的朋友。几个月前，我们就计划好，要在这里、在这片场地、在这一天、在这座城市、在夏天的末尾相见。商量这件事的时候，我们觉得这个计划似乎切实可行，还觉得完全有可能在这些人堆，这些快餐车，这些贩售扎染产品、绣花包和编织袜的摊位中找到彼此。

　　自从大学放长假后，我和这些朋友好像有很长一段时间没见了。我一直在一家艺术馆工作，检过票、收拾过啤酒杯、跑过腿、整理过文件、打过杂，在那里，我必须穿一件橙色的运动衫，跟小矮妖的头发一个颜色。工作结束后，我把运动衫打了个结，扔给那只热衷撕碎布料却一直被禁止那么做的狗，然后去了西班牙。

我在火车上睡过觉，在河谷里游过泳，给夏天远在美国工作的男朋友写过明信片。现在，我回来了，回到了这片英国的土地上，背着我的双肩包，穿着落满灰尘的靴子，找寻朋友的踪迹。如果找不到他们，我今晚就没地方睡觉了：他们跟我保证过会带帐篷来。要是没有帐篷，我将一整晚都在星空下幕天席地。

我走过一条路，又走过另一条路。我在一个小吃摊上买了一个干炸豆丸卷，一边嚼着，一边观察途经的每个人的面庞。我爬上场地的最高点，人们站在那里，举着胳膊，握着色彩鲜艳的风筝线，风筝拉扯着绳子，在我们头顶上方的天空中飘忽不定。如果你将风筝从这幅画面里抹去，那么这些人看起来就像空想主义者，像狂热的信徒，他们凝视着天空，带着渴求和敬畏，高举着双臂。

我听到背后有人在喊我的名字，我转过身来，这一天就此改变。在傍晚时分，背着沉重的背包站在场地里的我，不再独自一人：他们把我抱了起来，然后将我带走。两个朋友抓住了我的胳膊和手。他们说，他们一直在到处找我，变得越来越焦虑，终于在这里找到了我。他们一把拿过我的背包，拉着我去了一个很大的帐篷，各式各样的灯照得帐篷亮堂堂的，音乐在帆布上延伸，在绳索上震动，一群我认识的人站在那里，招着手，叫着我。

我们紧靠在一圈圆形的木栅栏上，栅栏的远处，两匹戴着羽毛笼头的马在紧紧地贴着圆形表演台小跑，一个袒胸露乳的男人站在它们背上。空气里有锯末那熟悉的、令人窒息的干燥气息。马背上的男人翻转身体，手掌落在光滑的、斑驳的马屁股上。有人递来一包盐焗坚果和一瓶温水，我接了过来；用薄纸包着的烤肉和滴着水的啤酒我没要。一个女孩在我的耳边大叫，说着一条裙子、一栋公寓、一条鱼、一趟伦敦之旅。我跟不上故事的节奏，我无法在如此巨大的噪声中把这些名词联系起来。在我们头顶上，聚光灯照出的狭窄空中走廊里，空中飞人的身影时隐时现。

一位穿着皮裤和斗牛士马甲、戴着黑色软呢帽的男人走上表演台，我们拍手欢呼。他高高举起满满一捆匕首。当他问有没有人自愿上台配合他表演时，我旁边的男孩——我跟他很熟，他和我一个非常要好的朋友约会过——拍了拍我的肩膀，大声叫道："这里！"我看得出来，他喝醉了，眼神涣散而狂野。他的女朋友（我的朋友）皱着眉头拉了拉他的袖子，让他停下来。我知道我可以拒绝。我可以走开，我可以抗议，我可以摇着头退回到人群中——现在正是说"不"的好时机——但当聚光灯扫过人群，找到我们时，我点了头。我脱掉外套，翻过栅栏，走到了镁光灯中央。

为什么要这样做？我现在也说不出个所以然来。因为我还是个愣头青？因为和朋友们重聚，看到他们真实存在于我的生活中，不是我凭空想象出来的，这让我觉得十分宽慰？因为我有时候厌倦了成为人群里唯一清醒的那个人？因为我有点想知道站出去、站在灯光和高温下是种什么样的感觉？有什么理由不这样做呢？为什么不能让一个你从没见过的男人，一个你不该信任的男人，朝你扔一大捆匕首呢？

当我笼罩在炫目的、震颤的光晕中，朝那个男人走过去时，我意识到他是西班牙人，考虑到我这个礼拜刚从西班牙回来，所以这似乎是一个虽然奇怪，却又恰如其分的巧合。我在想，他当然是西班牙人。不然他还能是哪里人？与此同时，我也回想起来，自己非常讨厌成为众人关注的焦点，这总是让我非常难受，让我如坐针毡，每个人都看着我，会让我如芒在背。在我小时候，我很害怕唱生日歌，我害怕面前的蜡烛那蜡黄的火光，害怕那么多双眼睛齐刷刷地盯着我；我常常因此想捂住脸，想躲在桌子下，想从房间逃走。

一位穿着亮片服饰的助手将我领到一块圆形的木板前。我被绑到了上面，我的手腕、我的脚踝都被扣了起来，达·芬奇笔下《维特鲁威人》的形象——四肢张开，面色凝重，显然没有意识到自己是赤身裸体——从我脑海里一闪而过。我想起有一天，我和我目前远在美国的男朋友测量身高和臂展，发现我的身高比我的臂展长两厘米。你违反了人体几何原理，他一边说着，一边皱着眉，打算给我再量一次，仿佛想要验证这种缺陷并不存在。

我抬起头，隔着表演台，看到那个戴着软呢帽的男人正在活动双手，准备摆好架势。他一只手握着一捆匕首，另一只手单独捏着一把匕首的刀尖，仿佛在掂量它的重量，它的分量。

然后，难以置信的事情发生了。助手拿着一块深色的布条朝他走了过去。我告诉自己，那是围巾，是头带。她要把它系在他的脖子上，绑在他的额头上，帮他集中注意力，确保他能专注于手头的工作。

她熟练而迅速地把布条绑到了他的眼睛上。

那么，是眼罩了。

到了这个时候，我意识到我可能犯了一个错误，我可能迈出了严重失策的一步。

当我站在那里的时候，我还不是很确定事态是如何发展到这一步的。一分钟前，我还独自一人游荡在音乐节上，除了担心晚上睡哪儿，没有其他更复杂的事需要我劳神；现在，我被绑在一块木板上，一个目不能视的男人正准备向我扔匕首。怎么会发生这样的事？

助手回到我身边。她一只手里握着一把锤子。她穿着有红色网眼的演出服，衣服里面的肩膀很宽阔。她面色凝重，牙齿咬着下唇，一副心烦意乱的样子。她的口红厚得像黄油，在离嘴唇不远处画了一条线。这让她有一种贪婪而杂食的气质。我试着望进她的眼里，试着从中读懂我的命运，但她没有和我的目光对视。她的胳膊和额头上闪着汗水的光芒。我想要问她一些事，什么事都行。不会出事吧？你能保证我会活下来吗？他有没有失手过？

她用锤子在木板上敲了一下，两下，敲到我的脚踝那里，扭过头朝身后喊出一个难以理解的音节，然后躲到一旁。

那声音就好像昆虫逼近时小小的翅膀发出的嗡嗡声。一把匕首出现在我的脚边，仿佛凭空出现一般。它的刀尖嵌入了木板几厘米。

我想，在那个时候之前，我一直坚信马戏团的杂耍就是杂耍。天生具有戏剧性、欺骗性、愚弄性。是糊弄观众的巧妙戏法。

不过，这把匕首的真实性毋庸置疑。我膝盖附近的这把，我大腿旁边的这把，我另一个脚踝边上的这把，它们都是真的。我意识到，这是有公式的，有节奏的。助手在预定的地方敲一下她的锤子，宛如法官敲响了她的小木槌，大喊一声，随后，那个离我很远，远得难以置信、无法想象的男人行动了。

这样的场合，需要用到一些听力技巧。男人蒙着眼睛，聚精会神地在听，他的头偏向一边，然后将刀扔向他凭直觉判断出的锤击声源之处。通过声音的引导，将刀子扔到空中，刺入一个指定的点，这是多么了不起的壮举，多么强大的能力。

一把匕首落在我的腰附近，扯到了我的裙子，这让助手皱起了眉头。她用责备的口吻，对着男人喊了些什么，打破了他们通常的节奏。接下来的那把落在胸口附近的匕首，也得到了同样的回应，然后我意识到，助手刚刚说的是 *demasiado cerca*[1]。我认得这个短语。意思是"太近了"。她像一个家长，像一位老师，在责骂他，让他知道自己偏离了方向，太近了，令人担忧。

此刻，我看不清男人是怎么瞄准目标的。我脑子里满是不久前生物考试的时候我必须再现的解剖图。主静脉用蓝色，主动脉用红色，血管就在皮肤的外壳下，像河流三角洲一样蔓延，穿过胸膛，上至脖子，下至四肢。匕首离我太近，离我的动脉太近。实在是太近了。我看向朋友们的所在之处，但在耀眼的光芒下，我找不到他们；我低头看着我的脚，它们看起来也好遥远，我又看着地上的锯末。我尽量不去回想在我还是个孩子的时候，肉店是如何把它洒到地板上，用来吸收液体的。我很讨厌被带进那些地方，我总是央求在外面等着。冰冷的冻

1　此短语为西班牙语。

肉要么挂在钩子上，要么就那么放在冰凉的玻璃柜里，干巴巴的，往外渗着液体。柜子旁边环绕着假草。空气中有一股让人倒胃口的血腥气味。飘动的塑料丝带盖在通往后方的门上，掩盖着任何可能躺在门后的东西。

助手在我头边敲响了锤子，那锤子像是降神会上不安宁的灵魂，噪声则震得我耳朵嗡嗡作响。我惊魂未定，感觉耳鸣了。一把匕首砰的一声插进我脖子旁边的木头里，我想，我可能不行了，我可能不行了，我像个鳞翅目昆虫学家的标本一样被钉在那里，我想象着那样的场景：色彩，深红色，猩红色，暗红色，汩汩涌出，洪水一般，尖叫。另一把匕首刚好插在我的头顶上方，扯到了我的头发。

然后，一切都结束了。助手解开我的搭扣，我活动着我的胳膊、我的双腿。我从木板上离开，我跑了起来，没有停下来对掌声雷动的观众致意，我远离灯光、助手、男人，远离木板，现在那里躺着的，是用匕首勾勒出的一片空白，一个分身，是我自己。

头

1975

我不记得的濒死经历算数吗？这件事发生在我还未开始记事的幼年时代。当然了，这是我从母亲口中听来的，当时，她和我正一起在她家厨房里忙活。

她在泡一壶茶，我在收拾桌上的盘子。我们凭着本能，在房间里避让自如，避免踩到狗，避免碰到圆桌，也避免撞上彼此。在这个空间里，我闭上眼睛都能正常行走——如果有人要我这么做的话。走廊尽头传来我的孩子们的声音，他们在玩我母亲收在她橱柜里的玩偶，他们时而在叫嚷，时而在协商，声音时高时低。

在这个家里，泡茶是一种神圣而规矩颇多的仪式。我从来不会自告奋勇去做这件事，也永远不会霸占这项需要高超技巧的任务。你必须遵循好几个步骤，过程很神秘，得一步一步来：我从来都记不住顺序，也总是没有足够的耐心去学习，不像我的姐妹们，她们在自家的厨房里都能以同样的方式进行同样的仪式。

你必须选择正确的茶壶，以及最合适的保温罩。必须按照规定的时间用热水烫茶壶，并且必须立即将这些水倒入水槽中。只有在那之后，才能往深单宁色的茶壶里装东西，先用专门的白蜡勺取出一定量的茶叶，然后再倒上开水。接着把茶壶放到保温罩里，保温罩一般是毛线织的，或者带有夹层，大多数时候都有刺绣，再然后才是泡茶。沥水板上，杯子（基本都是骨瓷）和牛奶已经准备好了。

为了尊重我不喝茶的习惯，我母亲放了杯清水到桌上，放到我小时候坐的那把椅子前。她知道我不会喝茶壶里泡出的东西，所以她给了我唯一一种我绝对会喝的液体。

我是家里唯一不喝茶的人。我想他们应该觉得这是一个令人费解的反常现象。对我来说，茶喝起来像风干的草屑，稀释的树叶霉菌，加水的堆肥，混合着少许牛的体液。我一直都受不了它的味道。

她把茶壶端到桌上，问我眼下在忙些什么，我喝了口水，告诉她我在尝试写一部传记，一本只讲述濒死经历的传记。

她沉默了一会儿，重新调整了一下保温罩、牛奶罐和杯子把手的位置。"是你自己的传记吗?"她问我。

"是的。"我局促不安地回答道。我不知道她对此会作何感想。"也不是……只是……人生的一些片段。一系列的时刻。有些章节会很长。有些可能真的很短。"

我们聊了一会儿书里会写到的内容。我小时候生过的那些病，差点被轧死的那一回，生孩子时的那些遭遇，还有痢疾引起的那次脱水。书里会有一些我告诉过她的事情，也有一些我从未提及的事情：我现在也不跟她说这些了。她问我会不会写得败血症的那一次，我说不会。我不记得。我那时候太小了。而且我觉得那次我也没有生命危险，不是吗？

她没有回答，而是扭头看向窗外，看着那些在她挂在树上的喂食器周围飞来飞去的鸟儿。

"还有一次，"她说，"那一次，你没有老实待在车里。你还记得吗？"

"不记得了。"我说。

"你那时候三岁左右——那会儿你妹妹还是个婴儿。我们去买了东西，我把车开进车库。我让你待在原地，待在座位上，"她看了我一眼，几乎点了个头，"但……"

"但我没有？"我帮她讲完下半句。

"是的，"她说，"你没有。我把买的东西拿出来，刚要关上后备厢，就在那一瞬间，我看到了你。你不知怎么就下了车，绕到了我跟前。你就在那里，站在我旁边，你的头会被后备厢盖给打到。差点就打到了。"她举起手指，微微分开，"就差一点，就差那么一点，"她念叨着，"还好我及时把你往后拉了一把。当我想到万一你有个什么闪失……"她没有讲完，摇了摇头。

片刻间，厨房里安静了下来。我在想，也许我应该为自己是个从不听话、总是让自己陷入险境的孩子而道歉。我也应该谢谢她救了我。

当然，对于父母来说，没有什么事比失去孩子更可怕。我明白这一点；我的母亲也是。我们都经历过这样的事。她和我都曾经有太多次差点撞上那些可怕的黑色岩石。这是我们彼此共享却又很少开口提及的秘密。

我还在琢磨着要说些什么来回应，这时候，我的孩子们出现了，他们一窝蜂挤到房间里，用谈话声、叫喊声、木制玩具和各种需求填满了整个房间。要喝饮料，要吃苹果片，要吃烤饼，要吃果酱和黄油。

开车回家的路上，我想到了妈妈跟我讲的这个故事。我对此完全没有任何记忆，这似乎很奇怪。你一定会觉得这么戏剧化的事情，总会留下什么痕迹。我开着车，又想通了，也许我记不起这事，恰好证明我母亲妥善应对了当时的突发状况。她肯定不仅反应迅速，而且有办法控制事态的发展，让它到此为止，所以我一点也不恐慌。

不过，我倒是记得车库，那是个迷人又略微恐怖的地方，水泥地上有滑腻而刺鼻的油渍，从某个角度看过去，可以看到彩虹，色彩斑斓，转瞬即逝。车库的门是暗红色的，有一扇窗户，曾有一只蓝冠山雀被困在那扇窗户后面，它惊慌地扇着翅膀，黑色的喙一遍又一遍地啄着玻璃，却不知道这么做一点用处也没有。我的父亲费了老大的劲，一面避免被鸟啄，一面捣鼓着它前面关得死死的涂漆窗台，最后终于把窗户打开，接着鸟儿飞了出去，它向着花坛一个俯冲，然后越过树篱上飞走了。我记得车库里很昏暗，结满了蜘蛛网，里面堆着装了刀片的剪草机、铁锹的锹头，还有搁在一根长长的钉子上的斧头。有一次，有人曾在那里看到一只老鼠，捕鼠人因此来了一趟，那男人穿着厚厚的高筒靴，戴着皮手套，带着一瓶毒药，一个空麻布袋，还有一个套着绳索的棍子。他进了车库，关上了门；我们在客厅里看着这一切。等他出来时，他的袋子里不再空空如也，而是沉甸甸的，里面不知装着什么弯曲、松弛、柔软的东西。

有一年夏天，我们在车库里搭了个博物馆。我们把"展品"放在工作台和冷柜上展出，其中包括我们之前养的陆龟的骨架——是从地里挖出来的——一些来自马来西亚的邮票，几块三叶虫化石和几块来自康内马拉的珊瑚碎片。

令人激动的是，我们养的虎斑猫选择在车库里产下小猫。我们又惊又喜地去看望它和它新添的家庭成员，站在硬纸箱旁边入迷地看着四具蠕动的身体在它灰色条纹的皮毛中摸索着喝奶。

母亲嘱咐我们不要去摸小猫咪，说现在还不能碰，我们严肃地点了点头。然而，等她一回厨房，我就叫妹妹在车库门边守着。很明显，我说服了她，我不可能不去摸这些小猫咪。根本不可能。把手猛地伸进纸箱里，拎起四只喵喵叫、扭成一团的小猫咪，把脸埋进去，感受它们的活泼、它们的柔软、它们小小的脸蛋、它们还没下地走过的爪子，这一切会给我带来莫大的快乐，我怎么能放手呢？

猫妈妈抬起了头，用绿色的眼睛看着我，一副警觉却又放心的样子。她知道我不会听母亲的话——我不可能那么做。当我把小猫咪轻轻放回去时，它发出了呼噜声，伸出爪子欣喜地碰了下我的手腕。

那只猫，它神奇地活了二十一年。我和它拍过一些合影，其中有一张我十岁那年抱着它拍的照片，那时候，我呆头呆脑，裤子的膝盖上打着补丁，对于我的嘴巴来说，我的牙齿实在是又大又多；还有一张我成年后它坐在我膝盖上拍的照片，那会儿我看起来没那么呆了，衣服也没那么多补丁。

多年以后，在一个寒冷的冬天，我怀上了我的第一个孩子，那时我住在国外，被雪困在一个深谷里。我的妹妹——如今成了一名兽医——打来电话，说我们家那只猫，很久以前在硬纸箱里生小猫的那只，现在病了，病得很厉害。她这次也束手无策了，要是再做一次手术，这只猫肯定会死。我的妹妹边道歉，边问我应不应该给它实施安乐死，我说，当然可以，你的想法是不会错的。

　　她和我隔着不同的国度、山脉和海洋，我们抓着各自电话线的一头，不愿意结束这次通话，因为我们知道，一旦挂掉电话，之后会发生什么。我想起我俩分隔在车库两头的那一次——在那个地方，我曾经差一点就在无意中走向一个糟糕的结局——在我弯下腰把小猫咪举到空中的时候，她，一个忠实而焦虑的哨兵，正站在那里给我把风，把头一会转向我，一会转向房子。

颅

1998

一男一女正在河边散步。水流非常缓慢，近乎没有流淌，一动不动。他们在一座桥上停了下来，低头看着自己在宛如镜子一般平整、漂着树叶的水中的倒影：他看着她的倒影，她也看着他的倒影。她一直在口袋里收集橡果，青褐色的橡果，嵌在各自的壳斗里，当他们在散步的时候，她用指尖仔细查看过，然后确定，是的，每个橡果都只能刚刚好嵌进自己的壳斗。其他的壳斗都不行。

　　女人是我。男人是——算了，那不重要。

　　他们正在谈论他们的处境，他们的难题。他们的恋爱开始得很迅速、很意外，也很盲目，但这样的恋爱存在着问题。遇到了障碍。别人挡住了他们的路——别的心思，别的想法，别的处境。

　　女人一边说，一边伸手去摸干枯的芦苇秆，说着他们怎么可以，怎么能，他们永远不能，他们能吗？男人伸出手去劝阻她，说他曾经有个朋友，手指被芦苇割了一道很深的口子，以至于需要在乡村医院里缝三针。

"乡村医院?"女人重复道。她从来没有听说过这种医院。她说她脑子里浮现的是一座有茅草屋顶的医院，烟囱里冒着烟，里面的员工也许是穿着围裙的松鼠或者老鼠，像绘本的那种风格。

男人对她扬起了眉毛。"它们真的存在。我跟你保证。"她注意到，他没有放开她的手。

他们讲起了芦苇，讲起了缝针，讲起了他们自己曾经缝过几次针，也许，这是因为他们需要休息一下，避免继续谈论他们自己，谈论他们无力应对的情况，谈论选择，讨论所有这些在当下看似无法避免却又不合时宜的话题。他仍然抓着她的手，同时掀起了自己的衬衫，向她展示腹部上一块小时候留下的伤疤；她看到他露在外面、被晒成小麦色的腹部，牛仔裤上方露出来的内裤边缘，一缕向南散开的毛发。她想转过身去，她想继续看；她要咬他，像咬桃子一样。她想，我们怎么能这样？我们怎么不能这样？这是个坏主意，这是个绝佳的主意，唯一的主意；她在寻找一处私密的、有遮挡的地方，她在寻找一种能让她顺利逃脱的方法。这一刻，双方正处在拉锯之中。

突然，不知从森林里什么地方冒出来一只狗，像盒中玩偶一样蹦了出来。它有一张一半是白色，一半是黑色的脸，摇着毛茸茸的尾巴。它向他们扑来，仿佛他们是它在这个世界上最想见的两人，绕着他们打转，又跳又叫，尾巴左右摇摆，嗖嗖作响，咧着嘴，笑容在脸上舒展开来。

他们惊呼着，弯下腰，用手摸着它温暖而毛茸茸的胁腹。

当他们继续朝前走的时候，那只狗也跟上来了，它猛冲到小路的前面，往回几步，在他们之间蹦来蹦去，乞求他们挑一根树枝，扔出去，再扔一次。当他们继续讲话的时候，它在他们的脚踝那儿穿来穿去，又在灌木丛里钻进钻出，它抬头凝视着他们，喘着气，示着好，仿佛被他们说的话迷住了，仿佛在表示自己完全赞同他们的观点。

在某一时刻，他们继续沿着一条路走着。那只狗鼻子朝下，在他俩之间小跑。他们听到身后传来一辆大车发出的刺耳的摩擦声，于是他们一边继续聊着天，一边往边上走。一辆巨大的橙色卡车从车道上飞驰而来，引得两边的树木纷纷让道，卡车的轮胎摩擦着柏油碎石路面。

他们等车过去时，女人突然想到，不知道狗能不能感知路况。她知道，有些狗可以，有些不行。卡车正要从他们身边经过，这时她弯下腰，将手放在狗的项圈上，确保它不会突然冲到路上，不会冲到卡车面前：她这么做完全是出于本能，只想着要保护好这只不知道从哪里冒出来的动物，它怀着莫大的信任和纯粹的快乐接近这个世界，接受它所提供的一切。她感受到卡车的机械装置、快速前进的车轮贴着她开过——太近了。卡车的一侧轻拂起她的头发；她感觉到车轮拱罩掠过了她的颅顶：金属以相当快的速度刚好擦过她的头盖骨。再多一厘米，半厘米，就会正中她的头部。她明显感觉到，这种近似被斩首的恐惧，像潮水一般，从她的脚上、她的腿上涌起，涌上了她的身体。她本有可能就这么死了，就在这里，就在此刻，一只手抓着男人，另一只手抓着狗。稍有差池，便有可能命丧当场。生命落幕。一命呜呼。撒手人寰。穷途末路。人死灯灭。尘埃落定。必然归宿。命丧黄泉。

她从来都不擅长判定自身和其他实体之间应该保持多远的距离，也不知道自己占据了多少空间，不知道自己需要多大的空隙。

货车逼近。他们被卷入它的刮起的那阵风中，男人、女人、狗，他们的身体在卡车的移动和速度面前败下阵来。她直起身子。她松开狗的项圈。她意识到自己躲过了什么，意识到自己又一次在最后一刻跨出了陷阱。

她什么也没跟男人说。他不需要知道。已经有太多次千钧一发的时刻。此刻，他用胳膊搂住她的肩膀，让她紧紧靠向他，靠向他的胸膛，靠向他离心脏最近的肌肉和骨骼。她将脸颊靠在他羊毛大衣的绒毛里，呼吸着，想象着他的分子、他的气味、他的皮肤、他的衣服、他的头发，沿着她支气管的小径和支流，沿着她的肺泡，被吸入她的肺，在那里溶入她的血液，被带走，长出孢子，快速旋转着进入自我最隐秘的汇合处。

他们继续沿着路往前走，又回到了森林，那里有斑驳的绿光，小路弯弯绕绕，分出几条岔路来，并不是永远都清晰可见。狗也跟来了。

肠

1994

我睁开眼，看到在餐厅里见过的那位法国医生正站在我的床头，拳头放在臀部，手肘弯曲，与身体成直角。我惊讶地注视着她，想问问她到底在我的房间里做什么。她迷路了吗？失去理智了吗？丢了钥匙吗？开错门了吗？

　　我不记得距离我跟她在早餐时聊天已经过去了多久，也不记得我病恹恹地躺在这里多久了。肯定已经过去好几天了——这几天，我要么俯卧在过小的床垫上，要么蜷缩在逼仄的浴室里，到了这时候，我对时间没了概念，对一切都没了概念。

　　她伸出手来，抚摸着我的额头，我的手臂。我听到她对安东说："她需要去医院。"安东的脸徘徊在背景里，又惊又怕。

　　自从我来到这里——不管那是多久以前——来到这个中国小镇，我就一直不太舒服，我胃口不好，上厕所的频率高得令人心烦，我觉得浑身无力，没精打采，也睡不好。然后，到了半夜，突如其来的疼痛扼住了我，我开始呕吐；我停不下来。安东被我吵醒了，他过来把我的头发拨开。我吐出来的东西带着血丝，很黏稠，质地像肉。

有什么东西在我体内、在我胃部盘绕的通道深处移动，那东西有爪子、有獠牙，不怀好意。我能感觉到，它正在从我身上汲取能量。仿佛我吞下了一个恶魔，它躁动不已，转来转去，坐立不安，用它的鳞片刮擦着我的内脏。我必须蜷缩起来，呼吸，握紧拳头，直到那阵痉挛过去。

而现在，这里站着的这个陌生人，这个法国女人，说我必须去医院。我觉得她太夸张了。我闭上眼睛，想要屏蔽她和安东，还有他们的计划。此时此刻，在我看来，似乎没有别的地方能像这间中国酒店里刷着漆的水泥房间一样，让人感到特别舒适、特别安逸。我哪儿都不想去。我就想待在这里，待在桃红色的尼龙床单上，吊扇在我上方转动，窗帘被拉了起来，挡住了那一抹阳光。只有在这里，我才能直面这个恶魔；只有在这里，我才能集中力量去面对它。

我已经到了脱水和发热的危险阶段，到了这个时候，你不再去挣扎，你只想待在原地，蜷缩着躺在床垫上。

"不要，"我只能勉强提高音量，小声说道，"我没事。"

"她得去医院，"法国医生说；她说起话来很利索，也很平静。她没有在跟我说话。"现在就得去。"

他们一头一尾地抬着我——我很轻，比任何时候都轻，我之后会发现，这时候的我，甚至比青少年时期自发减肥的我还轻，也许就在这几天，我身上的肉融化了——我紧紧地抓着桃红色的床垫。

"不要。"我踢着腿抗议，神志不清，怒气冲冲，带刺的恶魔在我体内扭来扭去。"我不想去。我就要待在这儿。放我下来。"

安东半拖半抱地带我穿过酒店大堂，走出玻璃门，那里有一排电动三轮车停在路边等客；法国女人消失了，只不过是又一位再也不会见到的救星。我不太记得搭三轮车的过程了，只记得在我朝着打开的车门干呕的时候，安东扶住了我的胳膊。我注意到，即使经历了疾病和痛苦，我身体里也什么也没有留下。什么都没有——没有液体，没有食物，甚至没有胆汁。我被完全掏空了。我的皮肤像被烫伤一般干燥。在干枯的眼窝中转动眼球让我觉得很痛苦。但即便是这样，我还是不想去医院。我只想一个人静静地待着。

我现在意识到，我当时来到了临界点。我的身体在佛教名山峨眉山上被阿米巴寄生虫入侵了，为了占据上风，它已经和这种寄生虫斗争了几天。我很注意饮食，服用了补液盐，也好好休息了。我已经做了人们在水土不服时应该做的一切，但这次有些不一样。我发着高烧，体温达到了四十多度；这几天来，我一直上吐下泻，而且越来越频繁。我的体内已经什么都不剩下。阿米巴虫就要赢了。我以为我想一个人安静地待着，但事实上，这意味着我已经打算放弃了：我已经准备好去死，准备好放弃斗争。这比努力活着容易。

一座佛教名山：我脑子里浮现的是云雾缭绕、长满青苔的陡坡，一条穿过竹林和珙桐林的小径，高耸入云、消失在空中的山顶。我想象穿着长袍的朝圣者，漆成红色的寺院，还有那铮铮的凄凉钟声。这样的场景仿佛出自一位中国艺术家的画笔之下。

现实跟我想的差不多，只不过你需要在画面里加上一大群朝圣者和游客，一些人坐在轿夫抬着的竹轿里，一些人穿着让人啧啧称奇、闪闪发光的高跟鞋，在石阶上艰难前行。在某些地方，道路非常拥挤，你必须停下来，等没那么堵了，才能继续往前走。台阶凹凸不平，总是小得容不下一整只脚。我必须小心翼翼地看着每一步，确保我的脚趾没有踩空。

峨眉山是中国四大佛教圣山之一，也是最高的一座。装在我背包口袋里的那本破旧的旅游指南上说，它被视为菩提道场，或是悟道之地。它有超过七十六间寺庙，其中有一间是中国第一佛寺庙。

这座圣山的金顶海拔一万英尺，要爬过更多石阶才能到达。在穿越昆明的石灰岩山地的大巴车上，一位留着金色长发绺，纱笼裙[1]松松地围在腰上的男人握住了我的手指，闭着眼睛告诉我，登顶峨眉山，是心印[2]的具体表现——是一种悖论或挑战，这之后，登顶者方能悟道。我点了点头，过了一会儿（我自认为时间恰到好处），便抽回了自己的手。

安东也在和我一起爬山。我们已经离开了香港，正要回英国。我打算去伦敦，希望可以在那里的报社或杂志社找到一份工作。我需要开启新的生活：我需要给自己找一条路，找一份能让我走在正确道路——事实上，有路可走就行——上的工作。我得找一份能让我支付房租，有钱坐地铁，不会让我厌烦到想要尖叫的工作，这样一来，我在晚上回到家后，也许、可能、大概还有脑力和精力写作。但如何才能像变戏法、走平衡木那样做到这一点呢？我一点头绪都没有。

所以我正缓慢而迂回地返回英国，只要我还有钱，我就不会回去。

我们打算横跨大陆，穿过中国、蒙古、西伯利亚，再穿过东欧，最后一两个月去布拉格，那里有去伦敦的二十四小时巴士。在那里，我将度过余生。以某种方式。布拉格巴士

---

1 纱笼（sarong），一种服装，类似筒裙，由一块长方形的布系于腰间，盛行于东南亚、南亚、阿拉伯半岛、东非等地区。

2 心印（koan），源自日语，为禅宗术语。禅之本意，不立文字，不依言语，直以心为印，故曰心印。

是我计划中的最后一环。我在伦敦没有工作，没有家。我会在几周后到那里，随身带着我给香港报纸写的文章的剪报，睡在一个朋友家的地板上。当我在峨眉山爬着台阶时，我尽量往好的方面想。

肚子饿的时候，我们在沿途的一个寺庙停了下来。僧人们给我们吃了面条和米饭，还有蒸熟的蔬菜，和灰白的豆腐块。要是时间太晚，他们可以帮我们在客舍找张床铺，要是我们足够幸运，甚至可以单独睡在一间用木墙隔开的房间里。要是天气过于闷热潮湿，我们就把自己的手和头浸泡在流向山下的冰凉溪流中。我们时不时会碰上一大群灰棕色的猕猴。我们在山脚下遇到的一位荷兰妇女提醒我们要注意这些动物。"它们会朝你飞扑过来，"她说，"因为它们知道游客的背包里装着吃的，不弄到吃的绝不罢休。"她卷起运动衫的袖子，给我们看一排深深的抓痕，看得出来是锋利的指甲反复抓挠造成的。"你们看到了没？"她说。我们严肃地点了点头。我们的确看到了。

猴子们坐在树上、墙顶，埋伏起来，用专注、敏锐的目光注视着我们到来。我还记得，从前放学回家的路上，总有一只特别凶猛的黑色拉布拉多犬横卧在人行道上，而我和我的姐妹们所掌握的应对技巧已经臻于完美：我告诉安东，唯一的办法就是先发制人，在猴子们有机可乘之前，让它们明白我们比它们更高大，也更可怕。他看起来很是怀疑。当我们碰上一群猴子蹲在一个小小的水塘旁边、用算计的眼神盯着我们时，我猛冲向前，龇牙咧嘴，双脚一跺，高声喊叫起来。猴子们像弹珠一样四下散开，争先恐后地离开水边，消失在树上，绕过巨石，翻过围墙。空地上静悄悄的，被猴子们遗弃了，唯一的声音只有溪水的汩汩声。

"有点过头了？"我说。

在山顶上，我们半夜被老鼠给吵醒，它们啃破了我的棉花背包，在一袋薄脆饼干的包装袋里随意乱窜，沙沙作响。那时候出去看日出还太早，所以安东和我选择在这个时候大吵一架。我们半真半假地争执了起来，谈到了一系列话题——他拒绝待在某家旅馆，这周早些时候我在河边发了脾气，我总是自己看书，不跟他聊天——到了最后，我指责他总是优柔寡断。我们越说越过分：我们动起真格来了。他反过来指责我，他以前从没这么做过，他说我偷偷爱上了我的朋友，就是那个给我指南针的男人，指南针现在正装在老鼠闯进来的那个包袋里。

我们躺在木板格子间里，躺在好几床被子下，穿着所有的衣服，却仍然觉得不够暖和，那时的我们先是感到震惊，过了一会儿，又陷入了长久的沉默。

时值半夜，在中国最古老的佛教寺庙，一个人们前来寻求开悟的圣地，我用颤抖的声音逼问他："你为什么，会说出这种话来？"

安东的回答冷冰冰的，毫无感情。"你给他写的信都很长，"他告诉我，"你总是在找电话亭给他打电话。这很诡异，你居然跟别的男人这么亲近。"

"你怎么敢，"我跌跌撞撞地下了床，怒气冲冲地说道，"拿这种事指责我？"

我们和其他几千人一起看了日出，他们摆出的拍照姿势让人觉得他们像是将太阳捧在了手心。然后我们搭巴士下了山，一路上，我们并排而坐，大多数时候都一言不发，这时候，我开始觉得很奇怪。巴士的油烟似乎钻进了我的喉咙，方向盘发出了刺耳的摩擦声，过道对面的那箱扑腾着翅膀的鸡散发着臭味，皮革坐垫传来了嘎吱声，这一切都密谋着让我感到头疼、恶心、晕眩。我是不是在圣山上得了什么病？

安东扶着我下了人力车，走上医院的台阶，我的胳膊搂着他的脖子。我们穿过大门，发现眼前的这一幕像是出自狄更斯笔下的伦敦，又像是出自第一次世界大战，或是出自一场噩梦。医院的大堂挤满了人：字面意义上的"满"。每一把椅子上都有人坐着，每一英尺的地板上都有人站着，每一丁点墙面上都有人靠着。一定有一两百人挤在这个候诊室里。服务台边坐着一排人；其他人躺在地上的垫子上，或是压平的硬纸箱上，要么睡着了，要么只是自顾自地轻声呻吟。孩子们被大人抱在怀里，哇哇大哭。一个男人坐着，他肿胀的腿支在一个鸟笼上，正在嗑瓜子，又把瓜子壳吐在地上。

我听到身旁的安东轻声咒骂。

我们在门口站了几分钟，不知道该怎么办。我们应该留下来吗？我们应该掉头回酒店吗？我们应该找个地方坐下来，还是自作主张地拍一拍服务台紧闭的窗口？

一个穿着白大褂的男人穿过拥挤的人群，停在我们面前。他将疲惫的手放在我的额头上，拉开我的嘴唇，检查我的牙齿，仿佛我是一匹马。

"胃痛?"他用英语对安东说。

安东点了点头。

"你付钱?"他问。

"是的。"

"美元?"

安东在我的贴身腰包里找了会儿，翻出一沓我应急用的美元给医生看，那是我离开香港前，在当地的银行预约后取出来的。我没想到自己会用到它们，差点不想费事去取这笔钱，不过一位雇我工作的女士告诉我，我去中国应该带上它们。

"可以吗?"安东问。

医生点了点头，他架着我的胳膊，带着我穿过了由人群组成的迷宫。

我挂上了点滴，用的是我在九龙买的医疗包里的针头：为此，我和护士之间还起了小小的争执。他们给了我用来驱虫的抗生素，一大把芥末色的药片，为了吞下这些药，我不得不灌下大量的水。它们会把阿米巴虫连同我的大部分肠道内膜一起冲走。几个月后，我住在了伦敦，被送去了热带疾病医院，因为我依然面色苍白，贫血，体重依然一直在掉。医生问我之前服过什么药，我告诉了她，她的脸一下子就白了。

"怎么了？"我说，"哪里不对吗？"

"在我们这里，那些药只用在……"她打住了。

"用在哪里？"我问。

"嗯……"她对着屏幕皱起了眉头，"用在马身上。"

我盯着她。然后我笑了。

医生耸了耸肩。"我猜，它们还是有用的。我的意思是，你现在还活着。"

又过了几年，我跟威尔一起去了南美旅行。在拉巴斯的一间酒店房间里，我因为恶心、发热，以及一种再熟悉不过的疼痛——像是被什么利器擦伤了，痛得人咬牙切齿，痛得百转千回——而惊醒。我吃下一根香蕉，它在三十二分钟内通过了我的消化系统：我用手表计了时。我将威尔摇醒。

"我觉得我体内又有阿米巴虫了。"我咬着牙对他说。

"哈?"

"阿米巴虫。就是'阿米巴痢疾'里的那种虫。"

于是他在一大早走上拉巴斯的街头,去搜寻药店,手里拿着一张药方,上面写着一种给马用的抗生素的名字。

血液

1997

我偶尔，但不会经常想起二十多岁的自己。我惦记着她。我试图回想起当时自己的感受。她的生活框架是什么样的？她的思维模式又是什么样的？我现在离她很远，与她当时离童年一样远。她是横在现在的我和刚出生的我之间的中间线。

　　有时候，很难弄明白她究竟是个什么样的人，也不可能记得在如此多变和不稳定的情况下依然继续前行是一种怎样的感受。不过，其他时候，我可能会和我的孩子们走在街上，手里牵着一个，努力跟上第二个，还要听第三个孩子谈论苏格兰公投（我的孩子们在走路时各有特色，很不合拍——一个喜欢落在后面，一个喜欢冲在前面，还有一个喜欢紧挨着我走，因为离得太近，导致我俩的脚总是纠缠在一起，把我给绊倒）。我们各自以不同的方式继续前行，我会被一些东西吸引住——地铁减速时发出的特殊声音，从地下咖啡馆的窗户里飘出来的某把吉他的即兴演奏，冰凉的指尖蜷缩在口袋里的感觉——这个时候，我就会感觉到她的存在，仿佛此刻她正和我们一起走在街道上。

她来了，从我们身旁走过，穿着不合时令的连裤袜、短裙和亮蓝色运动鞋。她剪短了头发——其实不是很适合她——还把不对称的刘海给漂白了。她腰带上挂着一只寻呼机，包里装着一本书，一支没有盖子的笔，墨水渗进了包的内衬。她走得很快；她可能要迟到了。她需要补充多种维生素，需要吃顿饱饭，需要一个住处。自打她到伦敦，已经搬了不下九次家了。她的个人用品很少，一只背包就能装下。她的喉咙很痛，扁桃体又肿又胀。她睡得很晚，睡眠时间很少，连必需的食物和杂货也买不起。每个月，还没到发工资，她就没钱了。

最近，她离开了之前和她一起生活的那个男人，背着包走下了楼。原因老套到让人沮丧，宛如平凡生活中的肥皂剧：当时，她跪在床边找一只鞋，结果没看到鞋子，却看到一只胸罩的搭扣。她还没碰到那东西，就反应过来是什么了。一件肉色的胸罩，不是她的尺码，也不是她曾经穿过的款式，出自她特别反感的一家商店。在当时的情况下，这是一件惊人地实用的胸罩——没有钢圈，没有装饰——带着织物柔软剂那种散不去的干净味道。是那种擅长运动、井井有条、高效干练的女孩可能会穿在整洁衬衫下的胸罩。是一个定期洗衣服、买耐穿的衣服、为了健康会主动去户外远足的女孩。简单来说，是一个在各方面都和她截然不同的女孩。

她压低声音同他对峙，以免惊扰其他室友。起初，她的男朋友气势汹汹地矢口否认。他从来没见过那件胸罩，这跟他没关系。他也不知道它是从哪儿来的。可能是她自己的。她有没有可能忘了自己曾经买过这样一件胸罩？是一位访客的。它是一不小心出现在这里的。肯定是他妹妹的。

她本来在往包里装毛衣、裙子和书，听他这么说，她顿了顿，大笑起来。放屁，她大声说，一时忘记了周围的房间里还有别人。她指着扔到男朋友书桌上的胸罩，说道，这个，你妹妹一百万年后也穿不上。

他不再撇清自己和胸罩的关系。他站了起来。他变得心存戒备，怒气冲冲。他说，是的，好吧，曾经有这么个女人。实际上，有好几个。他开始指责她，说她一直在工作，要么读书，要么坐在桌前写东西（用他的话来说，则是"打字"）。她从来没有时间陪他。如果她不出门，她的心思也在别的事情上。他感觉自己没了自我，也没了价值，他需要重新找回自己。末了，他说道："我这么做是为了我们俩。"

最后这句话给她和她的朋友埃里克在工作中比较无聊的时刻（很多时候都是）提供了不少喜剧素材。他们喜欢把这句话用在完全自私的行为上，越自私越好。如果能在和级别更高的同事对话时插进这句话，那就是锦上添花，这事做起来不难，因为几乎所有人都比他俩级别更高。

"我吃了一块三明治，"埃里克会从办公室另一头打电话来，低声说道，"我这么做是为了我们俩。"

"我午餐的时候去买了些新鞋，"她会给他发信息，说道，"当然了，是为了我们俩。"

"我昨晚去了健身房，"他会大声说道，"我想要你知道，我这么做是为了我们俩。"

自她搭乘从布拉格出发的二十四小时巴士，在伦敦一个潮湿的车站下了车，已经过去了两年。她花了这么长时间，才找到一份看起来有点盼头的工作。她在一家报社做编辑助理。她负责接听电话，开信箱，打电话给评论家，提醒他们该交稿了，在电脑出问题时联系 IT 人员，还要取版面校样，要检查标题，要去图像部门找照片，要打扫——橱柜、架子、公文格、椅子、桌子、抽屉。人们要她做什么，她就做什么，作为交换，她温和、礼貌地缠着他们，好让自己也有机会给报纸写点什么。她在电话里、在吸烟室、在复印机旁边的凹室里给编辑、助理编辑、评论家、文字编辑提供建议，并且向他们保证一切进展顺利。这是一份很耗时的工作，没有什么明显的界限，却有喜怒无常的人、惊慌失措的转折、不合理的学习曲线、狂热的内部八卦、紧迫的最后期限，有时候没空吃午饭，有时候又会被一位年长的同事带出去好几个小时，那位同事请她吃了昂贵的食物，然后询问她所在部门发生的事。她的生活里充斥着所有人都蒙在鼓里的管理层变动、干燥的三明治、裁员妄想症、咖啡机、安全通行证、上下电梯、大量图书校样、开印前一天回家的夜班地铁、奇怪的免费赠品（能反光的包，里面有作者头像的镇纸、不太合脚的惠灵顿靴子、用巧克力做成的工具箱，以及某次意外得到的一支贵到惊人的德国钢笔——我现在还留着它）。

所以，在某种程度上，她的前男友是对的。她经常外出工作。她的心思不在他身上。当她罕见地待在家里的时候，她也经常在写作（"打字"）。她已经开始写东西了，她跟自己说那是一部短篇小说。只是一部短篇小说。她最后一次确认的时候，小说已经超过了两万字，并且还在不断变长。当她和她的朋友威尔约着一起喝咖啡时——那个时候，他俩还是朋友，好朋友，非常好的朋友，每天会互通电话的朋友，每周会见一两次面的朋友，也许对彼此感情生活的起起伏伏有些过于感兴趣的朋友——他问她最近在写什么，她跟他说起了她那部短篇小说，那部写得很长的短篇小说。他眯着眼睛，看着她，露出一副看透一切的表情来，然后说："你在写一部长篇小说。"

"没有，"她摇着头说，"当然不是，我永远也写出长篇小说来，绝对做不到，你怎么会有这种想法？"

到了深夜，当她那位即将成为前任的男朋友让她看在上帝的分上赶紧去睡觉时，她心不在焉地低声说马上就睡。房子里特别安静，合租的室友都睡着了，故事的情节特别吸引人，特别令人满意，这是其他任何作品都没有做到过的，单词从闪烁的光标下源源不断地涌出，段落一段接着一段，像俄罗斯套娃。然后，突然间，就到了早上三点，疲惫和亢奋出其不意地袭来，她爬进了被窝，想着她的故事，听着城市苏醒过来的声音，难以入眠。

她已经等待了必要的时间：她知道，病毒要花上数月才会出现在人的血液里。（她很好奇，它是不是像反派人物一样，藏在了什么地方，比方说，在门背后？在烟囱上？在树叶里？）和其他生长于二十世纪八十年代的人一样，她知晓规则、风险和原因。她仍然记得政府在电视上发出的严肃警告，电视画面中出现的倒下的墓碑和能把岩石敲掉一层皮的凿子。

于是，她自己去了一家诊所验血。没什么值得期待的，但必须得做。她想确认她的前男友没有传染给她什么东西，没有在她的血液中留下什么邪恶的东西。

她说服了埃里克和她一起去，和她一起验血。埃里克从地铁站走到诊所门口，一边说话，一边指手画脚，拽着她的围巾两头。

诊所里，行政部门一片慌乱。接待员不能接受埃里克没有提前预约就来就诊。"事情是这样的，"他急急忙忙地摘下太阳镜，说道，"我比她更急需验血。"

她看到接待员正要开口同埃里克争论，正要强调没有预约不能直接来就诊，正要坚持她自己的原则，拒绝给他验血，可接下来，她看到接待员看着埃里克，大方得体地第一次正眼瞧他。

接待员稍微顿了顿。

最终，接待员对着一堆表格点了点头，然后他们一起走向了等候区。

"'写下过去五年里你睡过的人的名单'，"埃里克大声读着表格上的内容——声音有点太大了，"你觉得我能不能再要一张纸？就像考试的时候那样？"

"嘘。"她说，他回了句"什么？"似乎被冒犯到了。她努力憋着不笑，因为如果在性健康诊所笑出声来，似乎会遭天谴，在这里，其他人都低头坐着，避开对方的目光，努力完成这些错综复杂的表格。

埃里克叹了口气，坐立不安，他说他们需要排队接受之后的治疗。"如果你不知道对方的名字怎么办？"他问道，一边用笔轻敲着写字夹板，"你是不是只写一号男人，二号男人？还是说——我是不是太直接、话说得太难听了？——你得写到九十九号男人，一百号男人？"

　　就在那个时候，有人叫了她的名字，她站起来，拿着她的写字夹板，走向一位穿着绿色外套的女士。埃里克在她后头，喋喋不休地提醒她，让她别忘了是她要他来做这个测试的，她明明知道他有多讨厌针头，却还要让他经历这一切。她穿着蓝色的运动鞋走在地毯上，与此同时，她想到这件事的后果可能有多严重。她的前男友会不会将某种带有破坏性的东西，某种隐秘而腐烂的东西传染给了她？他的身体会不会从那个穿着肉色胸罩的人——或是其他人中的某一位——那里接住了什么东西，然后存入了她体内？她没有让自己去纠结这些女人是谁，她认不认识她们，她们是不是曾经看着她挂在椅子上的衣服、她堆在床边的书、她放在浴室里的化妆品和牙刷、她贴在墙上的姐妹们和侄女们的照片、她挂在门边的外套，她们是不是想过，我很好奇她是谁。她尽量不去想象她们，不去想她们长什么样，不去想他怎样抚摸她们，不去想他们可能一起聊过什么内容，不去想他怎么能在第一次发生这种事的时候什么也不提，不去想他怎么能和她们睡过之后又来找她，却没露出一丝马脚。人类存在了多少年，不忠的历史就有多久：关于不忠，你能想到或提起的，其实以前都曾想到或提起过。你翻来覆去地回想那些日子、那些对话、你走过的路，好奇自己到底为什么没有看到、怎么会错过、怎么可能不知道。这件事所带来的痛苦深埋在心里，让人感到屈辱，令人极其厌倦。

她知道这一切；埃里克也知道这一切。所以他们才会成天拿这件事开玩笑，带着一丝乐此不疲的不敬，可能会让所有听得见的人感到厌烦。有时候，轻率无礼是唯一的前进方式，唯一的通行方式。

不过，也许这种态度一直在阻止她去接纳测验结果呈阳性的可能。走向护士时，她意识到了这一点。她之所以决定去医院，主要是为了做做样子，这样她就可以在拨号的时候告诉埃里克，这样他就可以在她预约的时候听她说话，这样她就可以在下班的时候跟他说，要不你也来吧？你可以陪我。我们可以一起去验血。

走向咨询室时，她宛如走在钢索上，埃里克跟在她后头，护士在前面带路。她问自己，如果检测结果有什么问题，她该怎么办？如果她去医院本想作秀，可到头来竟然歪打正着，她该怎么办？她脑子里浮现出四处寻找前男友的情景。她想象着自己搭上地铁，沿着再熟悉不过的路线经过板球场，穿过公交站，爬上楼梯，来到那个她发誓再也不会跨过的门口，然后说道——到底要说些什么呢？我需要跟你谈谈？我有消息要告诉你？在这种情况下，别人会说些什么呢？你该如何开这个口呢？

不过，在她卷起袖子的时候，在她握紧拳头的时候，在她将头转过去的时候——因为她从来不喜欢看到针头滑进去，肉体屈服于针尖——她多半没有想到自己的前男友、其他的女人、他们一起住过的公寓。她没有想到自己不得不丢在那里的植物，她敢肯定他从来不给它们浇水；没有想到她亲手粉刷的墙，她站在一架不太稳的梯子上装好的窗帘。她在想埃里克，想到了他淡黄色的皮肤，他脸上和玉米片一样大、并且不会愈合的痂，当他在办公室另一头打字时他指甲上乳白色的月牙。她突然有了一股非理性的冲动，想对护士说，别出问题。求你了。算是为了他。别出岔子。

缘由未明

2003

该来的总是会来。宝宝动真格了，他的哭声越来越响亮，也越来越急促。他在汽车座椅上扭来扭去，既饥饿，又无助，脸也因此而扭曲、发红。

"你能靠边停个车吗?"我喃喃道。

我们在法国境内一条漫长而荒无人烟的公路上。路的一边是玉米地，那些玉米在静止的闷热空气中纹丝不动，路的另一边是一片宽阔的海域，一些沙丘，上面覆盖着密密麻麻的矮灌木丛。

威尔把车开到路边，拉起手刹。我将身子从座椅间挤过去，将宝宝从后排座椅上抱出来，威尔说:"我去海边转转。"

当时，我正在和还没用惯的宝宝安全座椅的扣件作斗争，我托着儿子脆弱的头骨，将他愤怒的细小四肢从黑色的带子里缓缓挪出，确保我在费劲地坐回副驾驶座时不会失手把他掉到地上，所以，当我在说"好吧"的时候，我也没有细想威尔刚刚说了什么。

宝宝怒气冲冲，一副饿坏了的模样，他愤怒地挥舞着拳头和双腿。我依次解开我的衬衫纽扣，然后解开哺乳文胸的搭扣，又掀开一块平纹细布方巾，和一块防溢乳垫——简直像在变戏法一样。天气很热，宝宝和我都汗涔涔、滑溜溜的。这里面很有技巧：需要把两个身体部位"镶嵌"起来，让嘴巴对上胸脯。我仍然没有掌握诀窍，目前还没有。我看过别人在咖啡馆、在巴士上、在商店的试衣间里这么做。她们上半身动作流畅，习以为常，轻松自在，她们的宝宝似乎也不会动来动去或者扭来扭去，而是乐于待在那个位置，安静地喝奶，于是我悄悄地、羡慕地盯着她们，好奇她们是怎么做的，是怎么把这件事给办成的。我也能做得那么好吗？我似乎永远也做不好，似乎永远笨手笨脚，慌慌张张，儿子在我这个新手妈妈的怀抱里，滑得像条鳗鱼。

我们尝试了一下，宝宝急得不行，突然一口咬了下去。痛得我双手都蜷缩了起来。没人听见我的哭喊声。我将手指按在额头上，暗自哼哼，等着那阵痛苦劲儿过去。

我们要在法国待两个礼拜。我不清楚自己为什么会一时冲动，提前做好度假安排——等到我们度假的时候，宝宝将只有九周大——不过那是之前的事了，那时我还怀着孕，想象着在酷热的夏天抱着一个婴儿四处游走，见见朋友，看看画展，读读书，也许还会工作，不受干扰地过着自己的生活。

事实上，我的生活完全不是这么回事。事实上，我过得不太顺利。我难以保持清醒的头脑。我并没有在家里找一间安静而昏暗的屋子，只靠一点精油和声音温柔的陪护的帮助，就如愿进行自然分娩。在一间人手不足、光线过亮的医院病房，我历经了一系列干预措施，漫长而惊心动魄的分娩过程持续了几天几夜，然后我做了紧急剖腹产手术，结果又出了问题：宝宝卡住了，他心率下降，我失血过多。伤口包扎好后，我被送回了家。事实上，就在两个月前，我和这个孩子都差点死掉。事后我腹部留下了一道疤痕，我姐姐说，它看起来就像"被鲨鱼咬了一口"。

事实上，即便在不用给孩子喂奶的时候，我也睡不着。当我好不容易窝在沙发里或是坐在椅子上睡着的时候，我又会被短暂而荒诞的梦境搅得不得安宁，我梦见有人在对我施暴，对宝宝施暴，梦见有人将宝宝从我的怀里夺走，梦见我看向摇篮或者婴儿车，却发现里面是空的。于是我想上楼，却上不去，我在第六或第七层台阶上游走，脑袋发晕。我没法去公园闲逛。我没法慢悠悠地拖着脚，一路走到商店去。墙外热浪滚滚，我和儿子在公寓二层晒不到太阳的房间里大眼瞪小眼。我的朋友们来家里看我们，可我好像听不到他们的声音，仿佛他们站在玻璃后面或水下；他们坐在房间的另一头，却似乎离我很遥远。人们露出友善又热切的表情，问我分娩时是否还顺利，我不知道该说什么。

宝宝昼夜不停地一直要吃奶；他一副很饿的样子，可是吃到一半，又会往后缩，他蜷起双膝，他的脸因痛苦和沮丧而拧成一团，接着他会号啕大哭，他会尖叫，他会叫上几个小时，直到下一次吃奶的时候。

我知道，有什么地方不对劲。也许是我不对劲。也许是我的奶水不好，要么奶水太多，要么奶水不够。也许是我喂奶的方式不对。也许我就是很不擅长这种事。但我对医生、表格、医院非常警惕，我非常清楚他们会如何把你吞进去、嚼碎，很久以后才会把你吐出来，以至于每当我看到家访护士，我都会扯出微笑，然后说，一切都很好。是的，都很好。没有，我哭的次数并不比平常多。是的，他很好，是的，他睡觉了，是的，我好极了。

几个月后，我会回到我长大的那个小镇，在当地一家诊所门口一边等我的母亲看完医生出来，一边试图给儿子喂奶。他喝一会儿，停一会儿，退缩着，尖叫着，扭来扭去，下意识地蜷起膝盖；我拍着他的背，走来走去，把他抱直，与此同时，我来回走动，因为他只有在动起来的时候才肯吃奶。我抱着如今已经六个月、个头相当大的他来回踱步，像一位长距离游泳运动员那样，遇到墙壁就掉头。一位女士经过我，兴趣盎然地斜眼看着我们。我没理会她，努力安抚孩子，抱着他从一面墙走到另一面墙，哄他继续回去吃奶。她再次经过我们，给了我一个微笑。

"你好，"她说，"我是母乳喂养顾问。你的孩子总是这样吃奶吗？"

听到这话，我突然哭了出来。

片刻之后，我出现在她的办公室，她则抱着我的儿子。我试图解释我不是这个诊所的病人，我说我住在伦敦，说我只是陪我母亲过来，但那位女士耸了耸肩，笑着说没关系。她问了问我儿子的情况，我告诉她，他一开始会好好吃奶，然后就会往后缩。他似乎是在吃奶的中途突然觉得痛苦。我告诉她，我通常得在家里喂他，因为我们无法在公共场合喂奶，我不得不把电话线拔掉，把门铃也关掉，因为任何噪声都会打扰到他，让他尖叫几个小时。我把这一切都对她和盘托出，虽然对我来说，这都是些稀松平常的事，但讲着讲着，我意识到，这根本就不正常。

"所以你就待在家里陪他？"

"是的。"

"只是喂奶的时候陪他，还是不需要喂奶的时候也陪他？"

我想了想。"其实，不喂奶的时候，他通常会……"

"哭?"

我点了点头。

"所以你给他喂奶,或是试着给他喂奶,然后他就会哭,再然后呢?"

"我会试着再喂他一次。"

她让他在她腿上上下蹦跳,逗他微笑,逗他抓她的项链。"他会吐奶吗?"

我摇了摇头。

"我觉得,"她对他说起话来,他则专心听着,"你得了胃食管反流。也有人叫它沉默性反流,不过我不知道为什么,毕竟得了这病会弄出很大的动静来。坏消息是,你拿它没办法,但好消息是,等你差不多六个月大的时候,这种症状会自行消失,我想说,"她把他高高举起,"你就快好了。"她左右摇晃着脑袋。"所以你会好起来的。会特别好。现在的问题是,"她还在对他说话,"我们要拿妈妈怎么办。妈妈把你照顾得很好,但她现在也需要一点帮助,不是吗?"

但这一切还未到来。此时此刻,我儿子刚出生九周,我笨手笨脚地摸索着前进,适应着新的身份和新的生活。此时此刻,因为某些我也记不清的缘由,我到了法国,在路边一辆闷热的车里给试图孩子喂奶。此时此刻,威尔已经消失在沙丘的后头去看海,路的另一边,两个男人从玉米地里钻了出来,发出了沙沙声。

我远远地就看到了他们。我的儿子终于安定下来，好好吃奶，我也尽可能地保持不动，以免打扰到他，以免又让他觉得哪里痛，引得他大叫。

他们背上背着铺盖卷。他们褴褛的衣衫被太阳晒得发白，皮肤被晒成了棕色。其中一人头发漂白了，另一人扎着杂乱的马尾。他们看着车，在商量着什么，决定着什么。他们横穿马路的时候没有左顾右盼，因为这条公路空旷、安静、荒无人烟，完全可以横穿过去。

我看着他们沿着满是灰尘的柏油路逼近。他们现在正径直朝我走来，遮住了道路的消失点。我远远地看向沙滩那边。威尔在哪里？他能看到他们正朝我走来吗？如果我叫他，他能听到吗？

我没有找到他的身影。那两个男人离我越来越近。他们加快了脚步；他们的眼睛盯着我，盯着汽车。其中一人穿着人字拖；另一人光脚踩在滚烫的路面上。

我将视线投向点火开关。我能不能就这么把车开走？把宝宝放在座位上，踩下油门，晚点再回来接威尔？车钥匙没插在点火开关上：威尔把它带走了。我伸出手，想要按下门锁，但发现没门锁。我扫了一眼着这辆租来的陌生车辆的仪表盘。一定有一个按钮，按下就能锁上所有的车门，但我没找到。有空调控制装置，调高或调低车内温度的旋钮，升起或降下窗户的开关。只有不计其数的音响系统控制装置，CD 和磁带装置，调高音量和调低音量的装置。

此刻，就在我到处摸索之际，儿子从我怀里掉了下来，号啕大哭，因为吃奶被打断而惊慌错愕地高声尖叫，那两个男人看出我很慌乱，看出我遇到了问题，现在，他们跑了起来，我不知道他们想要什么——钱、车子、婴儿、女人——但我不想知道，也不需要知道问题的答案，因为可能甚至连他们自己也不知道。也许他们只是下意识地行动，不放过任何机会。我还在笨手笨脚地摸索车内各种操控装置，我的儿子还在叫喊，那两个男人也没有停下向我们逼近的脚步。

他们刚碰到离他们最近的那部分车身——近到他们伸出手就能够到曲线型的引擎盖——我的手指在驾驶座那一侧的门把手下方摸到了一个带有挂锁标志的按钮。五扇车门一齐发出了沉重的咔嗒声。锁上了。

那两个男人走到车旁。他们拽了拽车门，前后车门都试了试，又将手掌贴在车窗上，仔细看着坐在车里、一只乳房露在外面、怀里抱着一个拼命乱动的婴儿的我。车子左摇右晃，但我还是继续坐在车里，泰然自若，安然无恙，被金属和玻璃保护起来。我看着他们的眼睛——眼神很疯狂，蓝得像冰冷的海——我看着他们的掌纹，看着他们在车窗上按压成白色的手掌。我气喘吁吁，他们也是。

其中一人失望又愤怒地敲了敲车顶，发出一种类似巴松管发出的低音来。接着，他们离开了，走掉了，他们在车的另一头汇合，慢慢穿过马路，再次消失在玉米秆里。

肺

2010

一旦水对我儿子来说太深了，我就把他背在背上，于是我们半是蹚水、半是游泳地协力前行，他则用小手抓着我的肩膀。

　　我们正涉水去一个离岸边有些距离的平台；酒店里的一位客人说，我们能"轻松走到"那里。整个上午，我和儿子一直坐在非洲的这片沙滩上，坐在棕榈树的树荫下，而现在，宝宝躺在毛巾上睡着了，由我的丈夫看着，所以我和儿子便进行了这场水上探险。

　　我来这里，是为了写一篇关于在东非开展可持续旅游[1]的文章。我们飞到坦桑尼亚境内，看见乞力马扎罗山的白色峰顶穿过了厚厚的云层。我们搭乘一架嘎吱作响的小飞机，降落在

1　可持续旅游（sustainable tourism）的本质是不断保持环境资源和文化完整性，并能给旅游区居民公平的发展机会。具体而言，就是要增进人们对旅游所产生的环境效应与经济效应的理解，强化其生态环境保护意识。

桑给巴尔岛上的一条狭长道路上，路两旁都是香蕉树。我们穿着能防水蛭的袜子走过香料森林，睡在临时搭建的小屋里，在荒岛上的灯塔前，沿着曲折蜿蜒的台阶拾级而上，在植物丛中寻找一种隐居在此的稀有鹿种。

在这趟写稿之旅临近尾声之际，我们在一家度假酒店度过了与此行宗旨大相径庭的两天，这个地方比我之前见过的所有地方都要豪华，都要奢侈。在这里，根本找不到太多可持续的可能。穿着白色夹克的男士天一亮就起床，用耙子将沙滩上的海藻打扫干净。风干的叶子被一种看起来像真空吸尘器的东西从树上清理一空。如果你坐在椅子上，会有人突然出现在你旁边，给你端来一托盘冰镇饮料。如果你的视线不经意间落在泳池蔚蓝的水面上，会有人给你递来一条毛巾。看不见的事情在你周围发生，仿佛热衷于做家事的友善吵闹鬼正忙活着：新鲜的花朵出现在你的床上，你的擦手巾被折成天鹅的形状，你的衣服被重新挂好、叠好、整理好。我儿子有些难以置信，我也是。我花了很多时间去感谢别人做这些我没想过让他们去做的差事，希望他们可以放着让我自己来。

待在海里是一种解脱。没有人冒着危险拿着冰桶、洗指碗、免费的手工巧克力冲过来。没人试图清理大海。海水很清澈，是蓝绿色的，沙滩是白色的；成群的小鱼绕着我的腿游来游去，沿着一个方向游完，再换个方向。平台在我们面前晃动，宛如海市蜃楼般诱人。

直到在学校的最后一年，我才第一次坐飞机，当时我参加了拉丁语班的意大利之旅。十七岁的我在罗马降落，就像经历了一场大换血。坐在机场巴士上，我惊讶地发现，城市的色彩正向我袭来——建筑的赭石是灰白色的，一望无际的天空是蓝色的，小型摩托车是绿色的，硬币是暗金色的，在我们盯着车窗外时咂着嘴向我们致意的男人的头发是黑色的。盛意大利面和罗勒叶的盘子，装少盐面包的篮子，鼓囊囊的奇怪枕头，窗户上的百叶窗，汽车鸣笛的噪声，十字路口的嘈杂声，还有元音丰富的语言、忽高忽低的琶音，这一切都令我着迷。西班牙大台阶[1]，船型的喷泉，曾经住过已故诗人的粉色房子，外形宛如牙齿矫正医师口腔铸模的罗马斗兽场。我从未见过这样的事物。我喜欢这一切，喜欢到痛不欲生。一想到这周结束的时候我就得回家，这个地方、这些广场、这些生活，将在没有我的情况下继续存在，我便止不住地想掉眼泪，这让我错愕不已。我想看遍所有的地方，走遍所有的地方，永远不回家。

我们被领着参观了罗马，然后又去了庞贝，在那座城市，我将手放进一座有着两千年历史的喷泉式饮水器的水槽里，先

1　西班牙大台阶（The Spanish Steps）是位于意大利罗马的一座户外阶梯，总共有 135 阶，在 1723 年至 1725 年间建造完成。

人们为了解渴，总是靠在它上面，喝下喷涌而出的水流，这让它被磨很得光滑。我们在卡普里岛蜿蜒的小径上被允许自由活动；我们穿着多半不合适的鞋类，爬上维苏威火山闷燃着的山巅，我鞋子的胶边沾满了火山灰的颗粒。之后，等我回到家，我会发现它们散落在我卧室的地毯上。我会小心而痴迷地把它们捡起来，将它们存放进一个玻璃罐里：这是属于我自己的一片意大利。

学校组织的那趟旅行不仅让我心满意足，也让我意识到自己向来都很焦躁。我终于找到了应对的方法；终于明白了我为何会这样。多年来，我一直对日常生活感到不满，觉得受到了约束；我一直对按部就班的人生感到乏味，觉得心里直痒痒；我一直对千篇一律的日子感到恼火，觉得自己被刺痛了；这一切一直困扰着我。

有人曾把《爱丽丝漫游仙境》读给我听，只见爱丽丝叹息道："噢，我多么渴望逃离平凡的生活！我想尽情发挥想象力。"我记得，听到这句话时，原本躺在枕头上的我坐了起来，想着，是的，没错，就是这样。意大利之旅让我明白，这种渴望是可以得到缓解和满足的。我要做的就是旅行。

1896 年，马克·吐温在环游地中海之后说，旅行会对"偏见、偏执及心胸狭隘造成致命打击"。多年以来，神经科学家一直试图查明是什么让旅行改变了我们，旅行又是如何让心态产生变化的。

　　神经通路如果只是出于习惯而运转，就会变得根深蒂固，且无意识。它们对于变化、新鲜事物的适应能力很强。新的景象、声音、语言、味道、气味刺激大脑中不同的神经元突触、不同的信息通路、不同的联系网，增强我们的神经可塑性。我们的大脑已经进化到能够注意到环境中的差异：这样一来，我们便会对掠食者和潜在危险产生警惕。对变化保持敏感，然后，确保活下来。

　　研究过创造力和跨国旅行之间联系的美国社会心理学家亚当·加林斯基教授称："出国的经历既能提升认知的灵活性，也能提升思维的深度和整合性，即在不同形式之间建立深层联系的能力。"[1]

　　十七岁那年，我本能地感受到了这一切：新鲜感像势不可当的洪流一样袭来，未知的领域带来了刺激，陌生的事物让人目不暇接，所有的神经元突触都在燃烧、连接、发出信号、烧出新的通路。我从未忘记从机场到罗马市中心的那段巴士之旅，那是我第一次看到那座城市。我也从未对旅行感到厌倦。我仍然渴望身处全新的地方，走下飞机舷梯，邂逅陌生的气候、陌生的面孔、陌生的语言，感受身体和心灵上

---

[1] 布伦特·克兰：《旅行，为了更有创意的大脑》（"For a more creative brain, travel"），刊于《大西洋月刊》（*The Atlantic*），2015 年 3 月 31 日。——作者注

的双重冲击。

除了写作之外，唯有旅行能让我感到满意，能缓解我不断涌现、无处不在的焦躁情绪。如果我在家待得太久，陷入往返于学校、打包午餐、上游泳课、洗衣服、收拾整理等日常琐事之中，到了晚上，我就会开始在房子里踱步。我可能会在深夜煮起一些复杂的食物来。我可能会重新整理我收藏的斯堪的纳维亚玻璃。我会扫视书架，叹着气，寻找一些我还没读过的作品。我会开始整理我的衣服，头脑一热就抱一大堆去慈善商店。我渴望改变，我永无止境地追求新奇的体验，不错过任何机会。我丈夫晚上出门回来后，可能会发现我把客厅的所有家具都换了位置。在这种时候，我不是很好相处。当我单枪匹马地将沙发往对面的墙壁推过去，只是想看看效果会怎么样时，他会扬起眉毛。"也许，"他会一边解着鞋带一边说，"我们应该去度个假。"

从意大利回来以后，只要时间和金钱允许，我就会尽可能多旅行。我确信，即便有了孩子，这点也不会改变。我想把自己的孩子培养成旅行爱好者，让他们对世界充满好奇，让他们去感受不一样的文化、不一样的地方、不一样的风景。我确定，我会带上他们，然后出发。

我儿子第一次坐飞机时还是个小婴儿；我带他去意大利生活时他才一岁半，因为他的红色外套和黄色卷发，大家都以为他是个女孩。如今他七岁了，这次是他头一回在欧洲以外的地方旅行。

我们仍然在向平台走去，目的地似乎并没有离我们越来越近；我们正在谈论远处的一排排碎浪。我告诉儿子，有一片珊瑚礁环绕着海岛，只要不出那片珊瑚礁，海床都很浅，就在这个时候，我感觉到原本踩着沙子的脚下落了空。

我用脚踩水，让我俩漂浮起来。儿子依然在我耳边喋喋不休，依然抓着我的肩膀，却没有意识到我们此刻已经不再踩着海底的沙子行走了。

我看着我们的目的地，那个平台。我估计自己大概没问题。毕竟，我们碰到的那个男人说我们可以走到那里，不是吗？也许我只是踩到了一块比较深的地方，踩到了一个洞，我会再次踩到地势更高的地方。

于是我继续往前，现在，儿子在我的背上，我在游泳。他在家里的时候上过游泳课，在伦敦的一个泳池边上，戴着泳帽，和其他孩子排成一排。我总能凭借着他脖子的形状，他眉毛的弧度，他从消过毒的池水里钻出来时露出的坚忍却焦虑的表情认出他来。他可以坚持半圈，他可以仰面浮在水上，他可以从池底捡回塑料鲨鱼。但他还不会游泳，不会在这里，在这种开放的水域中游泳。

我游啊游，胳膊动个不停，双腿在身后踢来踢去。我牢牢地盯着平台，它在我面前起起伏伏，它银色的台阶通向安全地带。我不时向下伸着我的腿，看看我是否能踩到底。我不能。

我继续游着。我胳膊和双腿的肌肉在燃烧，很是疲惫。儿子抓着我的肩膀，浑然不觉地聊着天，大声说着话。我必须不断提醒他按照老师教的方法踢腿，好给我搭把手。

他不会游泳，这个念头一直萦绕在我脑海中。他不会游泳。他不会游泳，我却听信某个人的话，把他带到了这里。他不会游泳，我却听从一个蠢货的建议，把他带到了这片深海。

实际上，我才是那个蠢货。我在海边长大，我的父亲在海里游了一辈子的泳，当我们在爱尔兰海的浅滩里玩水或练习自由泳时，他总会冲着我们喊出同样的话来："待在这里，别往深处去！"这句话总在我耳边回响，待在这里，别往深处去，但小时候的我总喜欢走得稍微远一点，感觉到多尼戈尔海滩的石子和沙砾从我脚下消失，直到父亲喊我回去。

我应该长点心眼。难道我从来没有听说过涨潮、水深的变化、大海的变幻莫测、沙滩的陡然下沉吗？我是不是让自己被这豪华度假胜地无处不在、总是让人期待的服务所迷惑，变得如此幼稚，以至于放弃了自由意志，失去了判断力？什么样的母亲会把自己和孩子置于如此险境呢？我一边游着泳，一边责备自己，诅咒自己，此刻，我胡乱挥动双臂，将各种泳姿忘得一干二净，只想就这么漂着。我沉入水中，孩子的重量将我向下压，但我又挣扎着浮上去，我听见儿子还在说话。

在我看来，有必要让他蒙在鼓里，不告诉他我们遇到了麻烦，有可能到不了目的地。我用不着扭头就知道我丈夫现在离我们很远，根本帮不上忙，而且他怎么可能丢下睡着的宝宝呢？如果他潜入水中来救我们，宝宝可能会醒过来，她可能会哭，她可能会——千万不要——爬向大海。

总而言之，情况非常棘手，而我偏偏又是那种蠢到家的蠢货。现在，我特别希望回到沙滩上，回到伦敦的家里，和我的两个孩子安然无恙地待在一起，特别希望我从来没见过这个地方，这片沙滩，这个遥远的平台，从来没碰到那位告诉我们可以走着去平台的客人，从来没和他在自助早餐吧闲逛。

我再次沉入水中，我的胳膊现在使不上劲，没办法让我浮上水面。我的肌肉没有力量，我的身体没有耐力；我的股四头肌受了伤，我的反射受到了抑制，我的肱二头肌和肱三头肌虚弱无力。我到底在想什么？我们正在下沉，这是真的，我的眼睛被盐水刺痛了，我的脑袋被满是泡沫的呛人海水淹没了。我儿子到底是在水面上，还是和我一起沉到了这里？我不知道。不过，透过阳光照射下的浅绿色海水，我看到一架梯子的底部。两级银色的台阶出现在眼前，又消失不见。然后再次出现，又再次消失。

我的双腿蹬了一下，两下，我伸出手。没抓到。我又蹬了一次，伸出手，这次我抓到了。我抓住了底部的横档，我将自己拉了过去。我把我俩拖出了水面。

　　灯光，海浪的喧嚣声，我儿子的说话声——难以置信的是，他还没住嘴——这一切都扑面而来。他从我背后爬下来，踩着梯子爬上了平台，大声叫嚷着，从一边跑到另一边。我用手臂勾住梯子，呼吸、呼吸、呼吸。

小 脑

1980

就在暑假结束之前，我早早地醒了过来，发现世界看起来跟往常不太一样。地毯、窗帘和灯罩的色彩更加鲜艳了：它们在跳动，像心脏，像海葵。卧室似乎突然有点歪，地板是倾斜的，窗户悬空朝外。天花板像一层漂浮在我上方的液体，像远远的、模糊的弯月面，而我在下方很远的地方，在某个神秘的深处。没有什么是静止的。所有的东西都在闪烁，都在移动。我有种感觉，我觉得在我下铺的姐姐，和我相隔千里。

有那么一会儿，我躺在那里，双臂放在身体两侧，全神贯注地看着这一切。光线、色彩、运动。噢，美丽的新世界。

看完卧室的溶解和重组，我准备起床，可是，当我不再躺在枕头上，转而坐起来时，我的脑袋里突然迸发出了一种感觉。我觉得很痛。这种痛特别剧烈、特别纯粹，仿佛有人在我眼睛后面的什么地方唱起了高音和声。这种痛让我的脑袋都快要炸开了，仿佛我的头颅是一个装满了水的气球。这种痛有许多种颜色——白色、黄色、红色的条纹和斑点——也有自己的个性。就好像我身边有一个穷困潦倒、脾气暴躁的人，那个人执意要紧紧抱住我，在我耳边唠唠叨叨，一刻也不愿让我独自待着，那个人主宰了我的生活，替我发声，绝不放过我。

我从未感受过这样的疼痛，不管是之前，还是以后。它没有棱角，它很完美，像蛋壳那样完美。它肆意蔓延，侵占一切：我知道，它想要掌控我，想取代我，它像一个恶灵，像一个魔鬼。

大概过了一天，疼痛愈演愈烈，它越发强大，也越发清晰，我觉得，我的双手似乎有了自己的思想。它们开始颤抖、晃动，像挂在我们卧室天花板上那个一头黄发、穿着连衣裙的木偶的四肢。我想越过水槽去拿牙刷，但不知怎么回事，我的手却撞上墙壁，抓了个空，接着又撞上了墙壁。我想拿起一支铅笔，我的手指却不听使唤。来自我的大脑、我身体的某个部分——我当时觉得那是我的灵魂——的信息，似乎没有到达相应的肢体。信息传输中断。

"看，"我对妈妈说，"看这里。"

全科医生来到家中时——他很少出诊，这次是事出紧急——我的双腿、脖子、头和胳膊都在不由自主地抖动。

我清楚地记得自己被叫到楼下去见医生的情形。我一步一步地走下楼梯。全科医生是个在我小时候就认识我的男人，他站在那里专注地看着我，一动也不动，手里提着包，我的母亲站在他旁边。在我下楼走向他们的时候，两人都没有开口说话，我的双腿在我身下弯曲，我的手挥舞着想要抓住栏杆。他们的脸在我视野里浮动，他们身后是让人眩晕的橙色和棕色客厅地毯，光线透过前门不透明的玻璃照射进来，医生穿着米灰色的雨衣，他怀表的金链又细又长，搭在了他的马甲前。

我走到了最后一级台阶上，这时他转身对我母亲说："你得带她去医院。"

不久之后，我就躺在了某位儿科顾问医生的检查床上。他让我握住他的食指，尽量用力，让我跟上小手电筒照出的轨迹，让我用大拇指碰鼻子，让我将左手放在右肩上。他碰了碰我的两只脚，问我："碰的是左脚还是右脚？"即使我全答错了，他还是对着我微笑，然后让我的父母开车带我去加的夫国立医院的神经内科。

当我裹着针织毯子，坐在汽车后排，看着窗外的城市不断后退，赶往那家大医院时，我是否知道自己究竟处在怎样的险境中？如今，我有了自己的孩子，于是换了个角度回顾起那一幕来。我意识到，那天开车去加的夫医院时，我的父母一定很恐慌——我很明白那种感受——在他们抱着我穿过自动门，走进那家医院时，在他们坐在神经内科医生的办公室里时，在他们看着我被收治然后被推走时，他们一定也很恐慌。

我不记得当时我的父母表现得怎么样，也不记得他们有没有吐露自己的情感。我被锁在了一个满是疼痛与发热的小盒子里。但我记得，和那位友善的医生相比，神经内科医生的房间要大得多，还记得堆在篮子里的玩偶，一件很特别的、毛茸茸的紫色睡衣，倒扣在护士胸前的银色手表，也记得他们轻拍我的胳膊内侧，让血管显现出来，验血时，他们先捏住我，然后把血抽出来，接着，胭脂虫似的血液便猛地涌入了注射器中。当亲戚们远道而来，站在我床边，居高临下地看着我的时候，我是否意识到了自己身处险境？当两位来自伦敦大奥蒙德街儿童医院的医生被叫来给我做检查的时候，我是否意识到了自己身处险境？当有人在我做腰椎穿刺时将我侧身按住，从我的脊柱里抽出液体，而我则一边挣扎，一边看着脸周围的纸巾泛起白沫的时候，我是否意识到了自己身处险境？在我完全无法动弹，甚至无法示意我渴了、我的脑袋好痛、我需要上厕所的时候，我是否意识到了自己身处险境？

从我家到医院有二十英里的车程，我的父母除了我之外，还有两个孩子，他们照常需要吃饭，需要有人照顾，上学放学时需要有人接送；我父亲的学校还没放假，他也得去工作。每天，父母中会有一个人来陪我，但大部分时间里，我都必须习惯孤身一人。不过那种独处很奇怪，很让人不安，因为有一位护士成天守在我床边，只要我的父母不过来，她就得守着我。她摆弄着监护仪和温度计，不时从她的座位上跳起来，摸摸我的脉搏。我知道，其他生病的孩子们都住在走廊尽头的病房。而我所在这一排房间，一边是洒满了夏日晚霞的停车场，另一边是贴着胡乱涂色卡通人物的窗户，和那里完全是两副光景。

当你还是个孩子的时候，不会有人告诉你你会死。你得自己去弄明白。

线索可能包括：你母亲明明哭过，却装作没哭；家人不让你的兄弟姐妹靠近你；医生看着你的时候，露出了专注、严肃的表情，无疑是入迷了；护士不敢看你的眼睛；亲戚们远道而来探望你。医院里的隔离病房，侵入性治疗和成群结队的医学生也是可靠的信号。

另外一种征兆：称心如意的礼物。

大脑中负责控制肌肉活动的那一部分，也就是小脑，隐藏在大脑半球下方的颅底。

小脑不会发起动作，但在动作的协调、时机和准确性，以及接收和处理来自脊髓和大脑其他感官区域的信息方面发挥着至关重要的作用。它还与认知功能——例如语言和注意力——以及对恐惧和愉悦反应的调节有一定关系。

从外观上看，它有别于大脑的其他部分：它表面覆盖着细密的平行凹槽，其质地让人想起蓝鲸的咽喉。小脑皮层是一个连续的组织层，经过折叠，形成手风琴状的紧密褶皱。在这些褶皱的深处规则排列着数不清的神经元，这使得小脑拥有了强大的信号处理能力。

大量互相连接的细胞交织在一起，构成了我们的大脑，是信息将这些细胞点亮，就像点亮一串串圣诞小彩灯。究其本源，我们是因为信息的通路和传播而充满活力。

人类的大脑有超过 1000 亿个神经细胞或神经元。如果透过高倍显微镜去观察这些神经元，会发现它们看起来和树木极为相似，如同树干（轴突[1]）长出无数个细小分支（树突[2]）。单个神经元的轴突树干刚好位于两个相邻的分支树突之间；中间的缝隙被称为突触。神经元通过非常小的电流，以闪电般的速度在这些缝隙或突触之间互相传递信息。我们做的每件事、说的每句话、做出的每个反应，都是神经元传电的结果。如果这些神经元细胞交流失败，如果轴突和树突之间的电流停止工作，如果突触出于某种原因——受伤、疾病、年龄、中风、病毒——无法发挥它的传导作用，你的身体就什么也做不了。它陷入了沉默，它停了下来，像一个渐渐慢下来的发条玩具。

---

1 轴突（axon），自神经元发出的一条突起，每个神经元只有一个轴突。
2 树突（dendrite），是从胞体发出的一至多个突起，呈放射状。

小脑中的神经元、轴突、树突和突触受损，会导致精细和粗大动作、运动技能学习、眼部动作、平衡、姿势、说话、反射动作等方面出现障碍，会使人无法判断距离，不知何时该停下来。小脑受损的长期影响可能还包括过度敏感、冲动、易怒、反复思考及强迫症行为、对恐惧的反应失调、感觉缺失或过于敏锐、抑制解除、病理性心境恶劣（强烈的不安或者不满状态）、睡眠障碍、偏头痛、视觉空间紊乱、触觉防御、感觉超载，以及不合逻辑的思维。

英语中的"小脑（cerebellum）"这个词，在拉丁语中就是"小小的大脑（little brain）"的意思。

因为我当时只有八岁，而且医生也不怎么跟我说话——他们最多只会问我，你能感觉到吗？你能做到吗？你能跟上这个手电筒照出的轨迹吗？——所以我必须钻研出新的解读方法。我意识到，他们在外面的走廊上、在电话旁、在紧闭的门后、在床脚潦草的笔记里有过许多交流。我反而成了一个听众，一个目击者。我瞥了一眼站在病床一侧的父母的脸，又瞥了一眼站在病床另一侧的医生们的脸。我学会了对细微的改变、弯曲的眉毛、稍有变化的面部表情、咬紧的牙关、紧握的拳头、父母含泪努力挤出的惨淡微笑保持警惕。我在言语和问题之间，在医生回答前的犹豫中，在他们一起低头看着我、然后走向门口、到窗外说话的行为中探寻着其中的深意。

我仔细听了很久，推测出我要去做一种叫 CAT 扫描的检查。这个名字给我带来了慰藉，让我想到了毛皮、爪子、胡须和一条卷曲的长尾巴。据我所知，它会给我的大脑拍照，而这些照片会让医生知道如何让我好转。CAT 扫描给我留下了很好的印象：照片，某种猫科动物参与的仪式，好转。

等到那一天终于到来时，我被人推着，在医院里经历了一场大迁徙。我坐在轮椅上，推我的是我很喜欢的那名勤杂工，她有着卷曲的黄色头发，会给我讲她养的小鹦鹉的故事。我们经过走廊，穿过一扇扇门，乘坐电梯上上下下，儿科病房被远远地抛在身后。我们到了医院的主楼，大人们坐在椅子上，自动门嗖嗖地开开关关，让外面的空气涌进来，人们盯着我，又飞快地看向别处。我已经很久没有照镜子了，不过，当我被推着走时，我觉得自己现在看起来和从前不一样了。

这时，人们将我从轮椅上抬到一张轮床上，然后所有人都离开了房间——放射科医生、勤杂工、护工。每个人。

我记得，这时候我大声喊道，你们在哪里，可我的声音被淹没了，轮床似乎在移动。而我，也在移动。传来了电流的响声，接着我便滑进了一台巨大的灰色机器黑漆漆的嘴巴里。

我的头、我的肩膀、我的胸脯都在里面。我被包裹在一条狭窄的灰色管道里。我的屁股、我的双腿。我被一个怪物给吞了；我被困住了。我在它的食管里，再也出不来了。

接着，响起了一阵噪声，一种震耳欲聋的机械化咆哮声。我在它的暴风眼里，被闪亮的灰色塑料所囚禁。

我当然尖叫了起来。谁不会呢？不过我听不见我的尖叫声，CAT 扫描仪的噪声实在是太大了。

我记得，那一刻，我产生了一股比其他任何时候都要强烈的冲动，我想挣扎、反抗、行动起来、逃离那条管道、摆脱那张轮床、跑出那个房间、沿着走廊奔走、穿过那些自动门。但我做不到。我动弹不得。我的四肢不听从我的大脑、我的突触、我的神经肌肉信号的指挥。我的大脑没有对我的肌肉发号指令。它们闹翻了。它们忽略了彼此，它们分道扬镳——它们假装对方不在那里。

不过，在恐慌之中，我一定是动了一下，因为所有的人又回到了房间。他们将我拉了出来。当他们在讨论该拿我怎么办时，勤杂工握着我的手。

讨论的结果是把我束缚住。八岁的我不知道束缚是什么意思，不过，片刻之后，我的双腿、我的腰部、我的肩膀、我的额头都被带子绑得紧紧的。

这一次，我的脑袋还没进入管道，我就尖叫了起来。

黄头发的勤杂工又回来了。她跟我解释说，我需要安静地躺在那里，不能动，这样才好给我的大脑拍照。我抓着她的手，吸着鼻子。我说，我明白了。是的，我明白了。

但这没什么用。一旦感觉到管道在靠近，我就很抗拒。一想到我得躺在一个密闭的、灰暗的、不透气的空间里，我就受不了。

我又一次被拉了出来。他们继续讨论着。放射科医生看着他的手表。勤杂工被派去接人。护工在我周围转来转去，但没人给我松绑。

我啜泣着，求求你们了，请把它们解开。绑在我头上、我胸口的带子所带来的压迫令我难以忍受。现在，行文至此时，我依然能感受到那种压迫。在这个挤满了我从没见过的人的陌生房间里，我成了母亲口中那个"情绪失控"的人。我号啕大哭，声音沙哑且难以辨认；惊慌失措的情绪向我袭来，像海水拍打在港口的墙壁上。我的心怦怦跳个不停，顿了一下后，又怦怦跳了起来。感觉像是走到了生命的尽头。房间里的人们不安地走动着，摆弄着表格和百叶窗。他们不太擅长和孩子，尤其是痛苦的儿童打交道。他们都是些在放射科工作、操作仪器、制作图标、分析检测结果的人。他们不知道该怎么做。他们小心翼翼地走到房间的角落里，给我周围腾出一块地方。眼泪从我的眼里流出，滑过我的一侧脸颊，汇集在我的头发上。

勤杂工匆匆忙忙进来了。她带着一位护士。她嚷嚷着，又小声安慰我，拍了拍我的肩膀。她说一切都会好起来的时候，并没有看着我的眼睛，所以我不相信她。而且事实证明，我这么做是对的。

年长的护士将注射器倒过来，往里面注入一种透明的液体。我不知道那是什么，但我还是感到害怕。

"不要！"我尖叫着，心中充满了一种全新的、莫名的恐慌，"不要，不要，不要！"

我跟他们说我会乖乖听话，我保证会一动不动地躺着。可他们还是给我打了一针。

我发现，药物镇静只浮于表面。它迅速蔓延至你的全身，让你觉得燥热，觉得呼吸困难，仿佛被一张厚实的毯子紧紧包裹着。它让你没法说话、没法表达、没法交流。你的舌头耷拉在你的牙齿后面；你的眼睛从你的头颅深处向外看去。感觉离开了你的四肢，离开了你的身体外延。

但心里呢？惊慌与恐惧涌上了心头，只不过存在于一个更小的空间里。

我被推进了 CAT 扫描仪。我的整个身子都被包裹在灰色的棺材里，它的顶部离我无法动弹的脸只有几英寸。机器旋转着，折磨着我。我时而被往前推，时而被往后推。

当我出来的时候，勤杂工正在等着我。她将我抬到轮椅上；护士给她搭了把手，因为我的身体变得异常松垮。它瘫倒下来，宛如一具沉重且笨拙的尸体。在她将我安置在椅子里，用毯子裹住我的时候，我看到她在哭，她的脸上还留有湿润的泪痕。

CAT 扫描检测并没有得出明确的结论。第二周，我又做了一次。这次，我的母亲过来陪着我。她被允许站在房间里，穿着一件巨大且笨重的长袍，让自己免受辐射伤害。当我在机器里的时候，她紧紧抓着我的脚。可这次依旧无法得出明确的结论。

一两年前，我的母亲给了我一些东西，其中有一个淡黄色的信封，上面写着"M 的结业证书"。它之前和其他被遗忘的物品一起，装在一个盒子里，存放在她的阁楼上；有一段时间，我一直懒得打开它：看着它破损的边角和脆弱的胶带，我一点也不着急。等我终于打开信封时，我找到了我的普通等级考试和高级证书考试 [1] 的成绩单、钢琴考级证书、一张证书（上面写着我修完了盲打的二级课程，不知是否有人感兴趣），以及一份文件（证实我在学校的诗歌音乐节上获得了二等奖）。这一切证明了我所取得的成就，也证明了我曾花费很长时间练习钢琴，我在其中找到了一封我之前从未见过的信。开头印着

---

1 普通等级考试（O-grade）是苏格兰旧时的单科考试，低于高级证书考试（Higher），考生通常在 16 岁时参加。1988 年由标准等级考试取代。参加高级证书考试的学生应试年龄一般在 17 至 18 岁。

威尔士一家医院的红龙徽章，收信人写的是"敬启者"，写信的是一位顾问医生，他负责观察我第一次住院治疗时的状况，以及接下来几个月逐步康复的过程。

我记得他是一个和蔼可亲的人，有一头粗硬的姜黄色头发，整个人干练又细心，口袋里别着一排笔，目光里透着精明。他在面对我的父母、面对我时，都很冷静。他会时不时冒出一句威尔士语来，叫我 cariad，意思是"亲爱的"。有那么几年，我每个月都要去他那儿看病，这种情况一直持续到我在十三岁那年搬离威尔士。那时候，我常坐在他的沙发边上，我们常聊天，他常敲敲我的膝盖，看看我的反射动作是否依然受阻，膝盖是否还是会左右摆动，而不是前后摆动——我的膝盖过去总是这样，现在也依旧如此。他常问我学校生活怎么样，我总是耸耸肩，他总是看我一眼，什么也不说。他常把一群实习医生带到他的办公室，让他们站成一排，让我给他们展示我最擅长的动作（我表演起钟摆样反射来就像变戏法一样，我没办法用手指碰鼻子，我写的字很难辨认，我的平衡感很差），然后问他们我到底是怎么了。这些紧张的年轻人先是看看我，然后又看看他，他们摆弄着自己锃亮的听诊器，我为他们感到抱歉，我常常忍不住只张嘴、不出声地告诉他们，答案是"小脑受损"，或是"共济失调"，只是为了帮他们一把。

那封发黄的信是用打字机打印出来的，信中详细记录了发生在我身上那些事情的梗概，底部有他的签名。我一边琢磨着这封信，一边很好奇，这封信是写给谁的？究竟有谁会对我生病的这些细节、日期、阶段感兴趣？"敬启者"是谁？这封信是基于实际的时间，原原本本、未加修饰地记录发生在我身上的一切，写给成年后的我的吗？是写给我今后可能会遇到的其他医学生、其他专家、其他医师，方便他们了解我为什么走路歪歪扭扭，不能单脚站立，没有方位感的吗？

　　每当我遇到某位医疗行业的从业者——理疗师、助产士、生育专员、见习护士、整骨医生、验光师、麻醉师——他们在检查我的身体时，若是检查到任何一个相关的部位，脸上总是会浮现出一种困惑的表情。他们可能会抬起一条胳膊或是一条腿，然后面带惊讶地将其来回弯曲；他们会困惑，为什么给我配的阅读眼镜会让我步履蹒跚，让我失去平衡；当我说我每个星期滴酒不沾时，他们总不相信。我身上某些地方似乎不太寻常，不对劲，莫名其妙，接着，他们会看一眼我的笔记，然后再次看着我。

　　我只得清清嗓子，深吸一口气。

　　"事情是这样的……"说完开场白后，我便简明扼要地将这封信里记录的内容讲给他们听。

　　将这些写下来，不是一件容易的事，倒不是说我不愿意重温这段时期。也不是说这段经历有多么沉重、多么痛苦，以至于不能细想，也不能把它化作词句和段落。而是说，我童年的大部分时间都跟医院捆绑在一起。那个早晨，我醒来时头很痛，自此以后，我不再是从前那个自己，变成了另一个人。再也无法在人行道上窜来窜去，无法离家出走，甚至无法奔跑。我再也回不到从前的那个样子，而且我也不知道，如果儿时没有得这场脑炎，我原本会成为怎样的人。

你身患重病时的经历有一种近乎神秘的特质。发热、疼痛、药物、无法动弹：所有这一切，既让你觉得历历在目，又让你觉得遥不可及，这取决于哪种感觉占了上风。

我回想起我的脑炎，想起我病得最重的时候，回忆闪现，我的脑海里浮现出一段段碎片，一幕幕不连贯的场景。有些事情如此生动鲜活，宛如刚刚发生；如果你们想听，我可以化身为从前的自己，以第一人称视角，以现在时态，将其中一些事情讲给你们听。可我几乎得强迫自己去面对另外一些事情，我看着它们，像在看电影：有个孩子躺在医院的病床上、坐在轮椅里、躺在手术台上；有个孩子动弹不得。那个孩子怎么会是我呢？

我对它的后遗症以及康复过程感触更深。从医院回家，在家里、在床上待上数个星期、数个月，睡睡醒醒，听着楼下的家人聊天、吃饭、抒发情绪，听着他们回家、出门。人们带着图书和柔软的动物玩具来看我，有一次，我们家马路对面的一个男人给我带来一篮子豚鼠宝宝，他在我的床上把它们放出来，它们小小的粉红色爪子惊慌失措地在我消瘦的双腿上踩来踩去。

康复期间，你处于一种奇怪的状态，仿佛离一切都很遥远。好几个小时、好几天、一整个礼拜就这么悄悄过去，你却感觉自己什么也没做。作为康复病人的你，被包裹在安宁和静止里。你是家里唯一一动不动的事物，你停滞在此，是琥珀中的苍蝇。你躺在床上，像坟墓上的石像。你听到的唯一声响来自你的身体，于是它的细枝末节都被放大，有了重要意义：脉搏跳动的声音，头发掠过棉枕头时发出的摩擦声，四肢在厚重的毯子下动来动去的声音，水汪汪的眼睛的眨巴声，嘴巴呼入和吐出空气时发出的森林耳语似的声音。你身下的床垫向上挤压，将你托起。饮用水放在你床边，银色小气泡贴着玻璃杯壁。过去微不足道的距离——从你的床到门口，从楼梯平台到厕所，从梳妆台到窗户边——现在都变得好遥远、远到无法估量。墙外，时间不停流逝，从早上到午餐时间，再到下午，最后到晚上，然后再次循环往复。

后来，我可以被带到楼下，躺在沙发上，盖着毯子，看着鸟儿从光秃秃的枝头俯冲到喂食器前。那个冬天，很难让身子一直暖和：身体的热量很大程度上来源于运动，我无法产生这样的热量，我的手指缩成一团，了无生气，都冻青了。

为了防止肌肉和肌腱萎缩，我必须做一些锻炼和拉伸。我父亲用毯子裹住一个玻璃瓶，把我的腿搁在上面，让我抬起脚踝，如果我能稍微动一动，脚踝就会重重地敲击地板。他是个沉迷于统计和研究的男人，用图表记录了我的进步。到现在，他还保留着这些记录和结果，上面有毫米数，克重，记录着脚踝、膝盖、胳膊和大腿的数据，用绿色墨水写下的字迹已渐渐褪色。他留着一沓纸，那是我努力重新学习写字的证据，字迹各式各样，从蜘蛛网一般、无法辨认的鬼画符，到颤颤巍巍、但至少能看清的字母，应有尽有。

不过，大多数时候，我的姐姐和妹妹都要上学，我的父亲要工作，所以只有母亲和我待在这些空荡荡的房间里。泳池里可以做水疗，所以我一次又一次地受到鼓励，把脚抬起来，踏在水里的台阶上，希望周围的水会给我瘦弱的四肢提供足够的支撑。我们那儿的医院里有数不清的理疗课程。1981 年，我是理疗门诊病人中唯一一个孩童，我很喜欢这里：理疗师们似乎很开心每天能见到我，同样很开心的，还有那些给自己患了关节炎的手指涂抹白蜡的老太太，以及那些中了风后正在恢复、用没什么力气的手抓起橡胶球、抬起绑着好几公斤重的沙包的脚踝的老爷爷。当我的母亲将我推到地毯上时，他们常常惊呼着说"你来啦"，仿佛他们一直在等我出现。

有一天，当我的理疗师走到一旁去接电话时，一个留着剃得很短的深色胡子、穿着拉链上衣的年轻男人自己推着轮椅来到我面前。

他拿着一颗包裹着金色糖纸的太妃糖，在我面前晃来晃去，跟我说："想来一颗吗?"他有着一口南威尔士山谷地区的口音，语调抑扬顿挫，发起元音来很悦耳。

我说我想要。他知道要帮我剥开糖纸，他在这么做的时候，显出了一副毫不在意的样子，似乎完全没有注意到我在试图接过糖果时双手不由自主颤抖了起来。

他给自己也剥了一颗。有那么一会儿，我们一起在那儿吃着糖，我在地上，他在轮椅里。

"所以你一直都是这样吗?"他低头向我示意，然后突然问道。

"不是，"我将太妃糖从嘴巴一侧转到另一侧，答道，"我感染了病毒。"

我看向他的双腿，消瘦、扭曲，耷拉在他轮椅的脚踏处。它们看起来和我的很像：没有肌肉、了无生气，瘦到皮包骨。他的躯干、他的胸膛和肩膀都很有力量，强壮到和他的双腿很不相称。我觉得，他在外形上像一条人鱼：上半身是人，往下则蜕化成了鱼的尾巴。

"你怎么了?"我问他。

"你猜怎么着，我从摩托车上摔了下来。"他说着，将他的太妃糖糖纸揉成一团，"我的背摔伤了。我的脊椎断了。"他举起一根手指，在我面前摇了摇，说道："千万别坐摩托车。你要是心动了，就想想我吧。"

我们凝视着对方，我有种感觉，我们都试图在对方身上瞥见自己曾经的模样，那些不复存在的幽灵般的自我，那些体格健全的两足动物形象，他们从未想过独自行动是一种奇迹，现在却被身体萎缩、动弹不得的我们所吞噬。我看着他，脑子里浮现出一个穿着机车皮衣的男人，他从山谷里的一个小村庄踩着油门出发，他的胡须和头发藏在头盔之下，他斜着转了个弯，速度很快，仿佛可以割裂空气。他有没有看到某个因为动起来而身影模糊的女孩一边奔跑，一边逃窜，爬上树枝，或是纵身跃入大海？

事实证明，我听从了他的建议。哪怕是我那位车迷男友再三怂恿我，我也从来没有坐过一次摩托车。

我想不起来那个来自南威尔士山谷地区、留着胡子的男人叫什么名字。我曾经是知道的：那段时间，我们几乎每个礼拜都会碰面。他总是说，你怎么还是躺在地上？你该站起来了，懒虫！他和理疗师打情骂俏，称呼所有的老太太为"亲爱的"，逗得她们红着脸大笑。他和我打了一个赌，赌我们俩谁能先走一步。当然，我现在明白了，那是他的一个策略，他再也不能走路了，他希望我能站起来，他非常清楚自己再也无法站起来，也许正是因为他这样，所以他才要和我打这个赌。

在某个地方，也许是在南威尔士医院的档案室里，有一部关于我的黑白影片，影片中，九岁或十岁的我穿着天鹅绒套装——是佛罗里达的养老院里那些住客为了显摆，通常会穿的那种衣服——努力沿着病房走路，爬上几级台阶，挥舞一支笔，这些锻炼多多少少都有一定的成效。我环顾四周，对着镜头微笑，仿佛我正在出演一部假日影片，而不是在医学研究资料的镜头里。还有另一部影片，拍的是几年之后的我，那时候我更瘦长，更郁郁寡欢，更不情愿，我穿着烟管牛仔裤，还有一件袖子盖过我的双手的变形羊毛衫。可能有一些大夫、儿科医生、神经科医生、理疗师在参加培训时看过这些影片，以便他们更加了解小脑疾病。

多亏了理疗门诊的就诊患者和我在那里碰到的工作人员和病人，现在的我才能正常行走。哪怕医生觉得我好不了了，他们依然没有放弃我，依然相信我可以活动、可以运动、可以康复，而这意味着我能行。如果有人说你可以做成什么事，如果你能看出他们对此深信不疑，那么，对方的信任会让你拥有成功的可能。我记得当我挣扎着从垫子上站起来的时候，那个留着胡子的男人喊道："加油。"

"你能做到。"打蜡机那边的老太太们点着头。

"把你的手给我，"理疗师说，"我不会让你摔倒。"

这也让我产生了一种错觉，让我觉得，虽然我是个不怎么会走路，几乎握不住笔，失去了奔跑、骑车、接球、自己吃饭、游泳、爬楼梯、单脚跳和跳跃能力的孩子，是个坐在令人羞耻的特大号童车里四处游荡的孩子，但还是有人非常认可我，非常需要我。在那里，我很特别，得到了大家的关爱、认可和鼓励：那里的每个人都希望我能好好的。这样一来，等到我终于返校时，我没有做任何准备，也完全不知道等着我的会是什么，学校里的人叫我怪胎、白痴、幼袋鼠，他们很强势，想知道我怎么了，想从我身上抓到点什么把柄。学校里的人会为了逗乐而给我使绊，会朝我吐口水，会扯我的头发，会跟我说我有病，我是弱智。教育主管部门同意把我的教室搬到楼下，但吃午饭的餐厅没法搬，所以，我每天都要在吃午饭和饿肚子之间做选择，如果要吃午饭，我只好在学校所有人的注视下，像一只熊、像一个婴儿那样，手脚并用爬着上楼。

我们为了生存，不得不做一些事；作为一个物种，我们在面对逆境时具有创造性。罗伯特·弗罗斯特[1]说过："最好的出路永远都是一路走到底。"我坚信这句话是真的，但是，与此

1　罗伯特·弗罗斯特（Robert Frost，1874—1963）出生于美国旧金山，是 20 世纪最受欢迎的美国诗人之一。

同时，如果你没法一路向前，你也可以绕过去。

我在楼下的厕所里吃过很多次盒装午饭，我把门锁上，脚盘起来，这样就没人知道我在里面。漂白剂的味道，某种纸巾的味道，总是能让我回想起这事：奇形怪状的花生黄油三明治，一个人吃饭，盘着腿坐在水箱上。

成年后，疾病依旧时而出现，时而消失。有时候，我可以一连好几天不去想它；其他时候，我又觉得它决定了我的人生。它时而毫无意义，时而至关重要。

这意味着若是表格中问到"既往病史"，我得龙飞凤舞、简明扼要地将大量句子塞进那些格外狭小的空间。这曾经意味着我得把一些事情解释给朝夕相处的人听：我为什么可能会跌倒，一直摔碎餐具，总是打翻马克杯，为什么不能走很远的路，不能长时间骑车，为什么每天都要锻炼好几回，都要把一系列的拉伸运动做上好几次。

这意味着我对世界的感知发生了变化，不再稳定。我看到并不存在的事物：视觉结构中的灯光、闪烁、光斑或裂缝。有些日子里，不管我看着什么，它的中间都会出现裂缝和烧焦的洞，而文字则会在我看向它的瞬间消失。有时候，地板可能会像船的甲板一样突然倾斜。有时候，我会将脑袋转向噪声发出的方向，我的大脑则会突然自信地给我下指令，让我躺下去，而不是站起来，还会告诉我，房子是颠倒的，一切都不是看起来的那样。有时候，我想在床上翻身，可是不知为何，我的小脑不听使唤，于是我的身体一动不动，依然面朝着另一边；我只得闭上眼睛，用我的拳头抵着我的脸，深呼吸，直到大脑决定听从我的指挥。有时候，我两岁的孩子能不费吹灰之力就把我击倒。

"这个沙发是歪向一边了吗？"我会问我的丈夫，"还是说，是我产生错觉了？"

"是你产生错觉了。"他会耐心地问答我。

"所以天花板也没有晃？"

"是的，"他一边将书翻过一页，一边说道，"没晃。"

这意味着，几乎从我记事起，我的人生便涉及一连串的掩饰、烟幕和花招。我睡觉的时候会留一盏灯，这样一来，如果我半夜需要下床，就不至于会摔倒。我不喝酒，也不嗑药，永远不会，因为我控制起自己的动作来已经非常吃力了，不能碰任何可能会对我这方面造成影响的东西。在童年和青春期的大部分时间里，我都口吃得很厉害；即便是现在，在面对充满敌意的声音，怀疑的目光或是形似光头的无线话筒时，我还是会时不时会口吃。

如果我分心，就会摔倒或是绊到自己。当我上下楼梯时，我必须低头看着双脚，让自己完成每一步都踏在阶梯上的任务。当我在爬楼梯或是开门的时候，永远不要和我说话：这些行为都需要我全神贯注。

我永远也玩不了捉迷藏，冲不了浪，穿不了高跟鞋，也玩不了蹦床。堆满了餐具、玻璃杯、瓶瓶罐罐、花瓶、纸巾的桌子对我来说是巨大的难题。我带着一丝恐惧在桌边坐下，看着它们，仿佛面对的是一张格外有难度的考卷，内心混杂着恐惧、焦虑和初生的羞耻。这是一种感官上和空间上的超负荷，可能会导致我倒水时水溢出来、叉子掉到地上、打碎杯子，会导致古怪而令人迷惑的事物侵入我的前庭感觉：目标太多，对我残缺的感官提出的要求太多，需要确定方向的事物也太多。

我的双腿下面和两侧有很多淤青、黑紫色的豹斑，都是拜撞上书柜、门框、桌角、椅子腿所赐。我惧怕书展上带有台阶的舞台——惧怕在读者面前摔倒！——但很显然，我拒绝接受帮助。当我抱着孩子，特别是刚出生的孩子的时候，我会像我们的灵长目祖先那样爬楼梯，我空着的那只手就是额外的支撑。

我的左胳膊完全用不上力：它只能提起一袋东西，拉着一个孩子的手，握住自行车的把手，或是推起一辆婴儿车，但别的事情我都做不了。最近，我和一个朋友去了一家中餐厅：我用左手拿起一只茶壶，想给她倒茶，结果茶壶口跟她的杯子偏离了五英寸。滚烫的深色液体洒满了桌子，溅在我们的食物上、筷子上、纸巾上，看到这一幕，我俩都不合时宜地笑出声来。

"抱歉，"我脱口而出，"我的左手没什么用。"

"我看出来了，"她一边拖地，一边回答道，"也许你该把它卖了。"

"也许我会的，"我说，"打折出售。一只没用的手。"

这也意味着我极为厌恶逼仄的密闭空间。

当我的第一个孩子开始走路的时候，我带他去了我们在伦敦的住所附近的一家软体玩具中心。我之前从来没有去过这样的地方。它是一座大厦，有好几层楼，里面的飞机、台阶和螺旋形的滑梯都绑了软垫，还有装满了亮色彩球的大坑。他特别喜欢像喝醉的水手一般，在走道上奔跑、爬上楼梯、迎面跳进彩球里。

在最高的那一层，当我们在铺着明亮的霓虹色软垫的地板上奔跑时，他在我前头，然后飞快地爬进一个闪闪发光的塑料入口，消失在一条狭窄的蓝色隧道里。我只来得及看到他穿着袜子的脚消失在我眼前。

我蹲在隧道入口旁边；我叫着他的名字。"回来。"我说。

他用大笑替代了回答。

我直起身子。我打量着这个游乐设施的构造。如果不走这个塑料隧道，有没有什么别的路径可以通向他所在的地方？

没有。

我又蹲下来。隧道大概有三掌宽——我估计得把自己挤进去，可能需要像蛇一样蠕动。隧道很长，比我的身体要长。到另一头也许需要几秒钟的时间。

我的儿子站在那里，在隧道的出口处，像将望远镜倒过来看到的某个生物，正对我招手，说着，过来，过来。

如果我坦言，我当时依然犹豫不决，是不是很糟糕？在那一刻，我最不愿意做的，就是进入这个逼仄的塑料空间，把自己困在里面。

当然，我还是进去了。母爱是一种强大的力量，也许比其他任何事物都要强大。

当我从另一头出来时，我颤抖着，备受煎熬。儿子拍了拍我的脸颊，学着我抚慰他时说过的话，低声对我说："没事了。没事了。"没事了。

年幼时命悬一线却又起死回生的经历给我灌输了一种思想，让我在很长一段时间里都散发着鲁莽的气息，也让我对风险有一种轻率甚至是癫狂的态度。我能看出来，我原本会因此走上另一条路，成为一个因为恐惧而畏首畏尾、因为警惕而踟蹰不前的人。但与之相反，我从海港的墙上跳了下去。我独自一人漫步在偏远的山间。我孤身搭乘夜班火车横穿欧洲，在深夜抵达首都，无处可去。我在人们口中的"南美最危险的道路"上无忧无虑地骑着车，那是一条在陡峭的山峰上开凿出来的小路，它令人眩晕、破败不堪、风化得很严重，路边净是些供奉着摔死的人的神龛。我步行经穿过冰封的湖泊。我在危险的水域里游泳，这既是实情，也是一种比喻。

与其说我不珍惜自己的生活，倒不如说我有一种永不满足的欲望，想逼着自己去拥抱生命所能提供的一切。八岁那年差点丧命的经历让我对死亡变得乐观，也许到了过分乐观的地步。我知道，在某个时候，我会死掉，但这个念头不会让我觉得害怕；死亡近在咫尺，反而让我有一种近乎熟悉的感觉。我知道自己存活下来是一种运气，也知道稍不注意，结果可能就会不同，这些念头扭曲了我的思想。我将我得以存续的人生视为一种赠品、一种奖赏、一种恩赐：继续活着的我，想做什么就做什么。我不仅骗过了死神，更逃离了丧失行动能力的命运。我能独立行动，我也能四处走动，所以，我为什么不去尽我所能地活出价值来呢？

学校里的一位老师让我们学习约翰·邓恩[1]的十四行诗，这位诗人将死亡描述为一位傲慢、无能、自负的君主，对此我很赞同，于是笑了笑：

1　约翰·邓恩（John Donne，1572—1631），十七世纪英国玄学派诗人、教士。

死神，你莫骄傲，尽管有人说你

如何强大，如何可怕，你并不是这样……

……你现在也还杀不死我。

　　这种无所畏惧的心态，在我有了孩子的那一刻戛然而止，我突然担心起来，怕我挑衅死神时做出的胜利手势可能会让他反咬我一口。要是邓恩笔下那骄傲的、心存报复的死神决定卷土重来，为我的粗鲁无理行为索要赔偿，该怎么办？如果它将我、将我的宝宝带走，该怎么办？当你孕育出一个生命，你就向风险、向恐惧敞开了自己。当我抱着自己的孩子，我意识到自己在死亡面前不堪一击：我第一次萌发了对它的恐惧。我非常清楚，横在我们与死亡之间的那层膜有多么脆弱，多么容易被刺穿。

　　有一回，我把小时候发生在自己身上的事简略地说给当时的男朋友听——更多的是本着解释的精神——他一副大吃一惊的模样，就像大多数人那样，然后说："你太倒霉了。"

　　我记得我很惊讶，因为我不认为我很倒霉，反倒觉得恰恰相反。他们以为我会死掉，但我没有。他们以为我走不了路，游不了泳，握不住铅笔，但我却做到了。他们以为我余生都需要坐在轮椅里，可是大概一年后，轮椅被退还给了 NHS[1]。他们以为我需要去特殊学校念书，但我没有。他们设想我的人生会有诸多限制，需要诸多机构的帮助，有诸多无能为力的时刻得依赖他人。

我觉得我自己沉浸在好运中，有幸避开了医生为我安排的命运。我找到了三叶草，我的口袋里装满了幸运兔脚[2]，我在每道彩虹的尽头都找到了金子[3]。我已无法向生活索要更多，我已经逃离了原本可能会面临的命运。我原本可能会死在那所医院里，但我没有。我原本可能会终生动弹不得，但我没有。我避开了一颗子弹——实际上，是很多颗子弹。

一天，我在医院醒来，发现一个男人靠在我的病床边。他瞪着眼睛，双眼间距很宽，脖子上戴着一条沉甸甸的金链子，跟我们邻居家那条拉布拉多犬戴的狗链没什么两样，他的脑袋周围有一圈扎眼的白色头发，一簇一簇的。他看起来既熟悉又陌生，这两种感觉同时存在。

"你好，你好，"他说，"我们面前这一位是谁呀？"

他一开口说话，我就反应过来了，我在电视上见过他。孩

---

1 NHS（National Health Service），即英国国家医疗服务体系，承担保障英国全民公费医疗保健的责任。

2 幸运兔脚（rabbit's foot）是一种幸运符号，在许多文化中，人们都认为兔脚是能带来好运的护身符。

3 在英语口语中，"彩虹尽头的金子"常被用来喻指永远得不到的报酬，或可望而不可即的财富。

子们会给他写信，将最疯狂的愿望告诉他——坐飞机、在动物园照看大象、在舞台上跳踢踏舞——而他，就像一个精灵，会帮他们实现这些愿望。

此刻，他在这里，在我的床边。他低头盯着我，洞悉一切的犀利目光里带着一丝傲慢；我也瞪着他看，露出了既困惑又惊讶的表情。

多年以后，我被堵在路上，在车队中等着红灯变绿，我的孩子们坐在车后座，收音机里传来了新闻。头条新闻就跟这个男人有关，他虽然多次造访儿童医院，可并不是表面上看起来的那样。我坐在那里，双手搭在方向盘上，目光穿过残留着雨水斑点的挡风玻璃，凝视着前方。我很震惊，又一点儿都不震惊。我想起来，当时他曾转过身去，对护士说道："你可以走了。我来照顾她。"护士摇了摇头，留了下来。

我听了一会儿新闻播音员的声音，然后按下按钮，让收音机安静下来。我不想让孩子们听，不想让那些词语涌进他们不谙世事的耳朵。那天晚上晚些时候，我给母亲打了电话，跟她说起他曾经来看过我。

她猛吸一口气，然后飞快地说："那时候我在哪里？"

"我不知道，"我说，"你不在现场。但没事。他没有对我动过一根手指头。"

"你确定？"

"我确定。护士不肯离开。她一直和我待在一起。"

那位护士穿着白色的衣服，戴着白色的帽子，待在不起眼的地方，在那个穿着运动服、戴着手镯的男人身后走来走去，那男人大声问我感觉怎么样，问我什么时候能站起来，还问起床头柜上那张我穿着芭蕾舞裙的可爱照片是怎么回事。

她一直没有离开房间。当他再次建议她离开一下，休息一会的时候，她还是摇了头。她解释说，她得二十四小时陪护我。我记得她很年轻，面容甜美，棕色的头发在脑后扎成一个圆髻，她很乐意给我读故事，一读就是好几个小时。她待在那里，在他身后徘徊，拒绝离开岗位：又一位救星，又一位乔装打扮的六翼天使。

那个男人离开之前给了我一本书，书上有他的签名。他把书塞到床垫和床周围的金属条之间。那是一本教你如何自制万圣节服装的书。第二天，我的母亲过来看我的时候给我读了这本书。我们一起看着示意图和插画，讨论着等我好些了，我们可以做一件什么样的衣服。那本书我保存了很多年；我按照说明，用制型纸[1]做了一个被割下的头，又把报纸撕成条，覆盖在气球上，把它放在烘衣柜里晾干。

最近，我在一箱旧书里翻来翻去，想找一点可以给孩子们

---

1 制型纸（papier mâché），又称混凝纸。一种加进胶水或糨糊经过浆状处理的纸。可以用来做成纸型。

读的东西，于是又看到了这本书。我把它抽出来，打开，看着他的签名。然后我穿过房间，把它塞进了柴火炉的正中央。它烧得很快，火势汹汹，最终被烧成了书本形状的薄薄一层黑色灰烬。

不能动弹的感觉最为奇怪。并不像你想象的那样沉重，反倒很轻盈。你居住在自己的身体里，就像居住在一栋房子里一样：你必须尽你所能地在这栋建筑内活动，以免撞上一扇又一扇墙。框架是不变的，但是你——你自己无形的、内在的那部分——绝不会一成不变。你的皮肤感知热、冷、床单上的褶皱、毯子的重量、睡衣标签的摩擦，但它与你无关。再也和你没有关系。

当你无法动弹，当你卧床不起，该怎么办？该如何占据、转移和分散自己的注意力？我花了很长的时间盯着头上的天花板、墙上的时钟，以及门上的橡胶封条。我记住了房间的每一处细节，远处墙壁上的油漆要比其他墙壁上的略微浅一点，条形照明灯边缘发黄、中间发白，水龙头滴水的时候，一滴两滴地连着滴下一串，然后很久都没动静。我盯着窗外，看着阳光从汽车的挡风玻璃反射到我的天花板上。当人们飞快地从我的窗户旁经过时，我汲取了他们对话里的奇怪片段，这些对话宛如一个又一个的肥皂泡，被释放到了我的房间里。我习惯了悬求每一个走近我的人念书给我听。我的母亲给我读了很久的格林童话，还有一本圣经故事集；我的父亲更喜爱爱尔兰民间故事汇编。我躺在那里，想着摩西漂浮在一条河流上，在芦苇滩上休息，大卫选了最完美的石头，来装弹弓，芬恩·麦克库尔聪明的妻子乌娜藏在一块面包里，用平底铁锅打碎了敌方巨人的牙齿。

最后，一位邻居借给我几盘精挑细选的故事磁带：我之前从未见过这种东西。最终，我想到了解决办法。我的床边放了一台录音机，我可以听费莉西蒂·肯德尔[1]读《我的淘气小妹》，还能听一个特别浑厚的男声缓慢而庄重地讲述碧雅翠丝·波特[2]笔下的故事。

生菜有催眠的作用。

他穿着他的橡胶套鞋。

杰迈玛是一个傻瓜。

但他俩谁也没有发表意见。

我把这些话像鹅卵石一样在脑海里滚来滚去；我把它们反复说给自己听。我把它们藏了起来。

我一遍又一遍地听着磁带，通常是在夜里，当时医院里近乎一片死寂，却又充斥着那种奇怪的嗡嗡声，护士的鞋子踩在

1　费莉西蒂·肯德尔（Felicity Kendal，1946— ），英国女演员。
2　碧雅翠丝·波特（Beatrix Potter，1866—1943），英国儿童读物作家，代表作《彼得兔》。

地板上嘎吱作响，外面的夜色从百叶窗的缝隙里钻进来，我病床对面的时钟上的指针一跳一顿，又一跳一顿。糟糕的是，当磁带读完，咔嗒一声，机械发出响声，我必须一直等着，直到人过来帮我翻面。那个时候，病房里一片静得可怕，这份静谧让人感到压抑，让人感到惊慌。

在这样的夜晚，我还醒着。看护我的护士说，不行，我不能听磁带的另一面了：她说，我必须睡觉了，我需要休息。

我的头疼个不停，仿佛脑子里有个魔鬼在欢快地打着节拍。看东西时，我老是眼冒金星。病房里的电视机已经不出声了，所以我知道，时候已经不早了，已经到深夜了。当我听到外面走廊上传来的声响时，我是不是已经睡着了？

脚步声，某个孩子抑扬顿挫的声音，一阵有节奏的噪声，就像有人拽着一个玩具走在地毯上。

那孩子大声说着什么，像是在问问题，护士让他安静点。

"嘘，"她说，"里面有个小女孩快死了。"

我在我的第三部小说里插入了这样一个场景。我重新塑造、想象、定位了它。在此之前，那是我唯一一次将得脑炎的经历写出来。我将卧床的女孩化身为主人公的姐姐尼娜；我将病房外的孩子化身为拖着玩具火车的小男孩。至于守在我床边的护士，我写道，她跳了起来，感到既尴尬又震惊，然后关上了门。以前，每次公开给这本书做宣传时，我经常读那个片段，如今，我觉得这个选择很奇怪。我为什么要这么做？为什么要读那样一个取材于也许是人生中最糟糕的时刻之一——一个孩子得知自己就快死了——的片段？

有那么一会儿，我当时的确像尼娜一样，想了想那个快要死掉的女孩，想了想她大概几岁，也想了想人得活到多大才会死。我觉得她很可怜，我看向那位护士，想知道她是不是也这么觉得。

事实上，我从来没有见到在走廊上弄出声响的那个孩子，也没有看到那位护士，她本该更加通情达理，本该学会压低声音说话。我没办法转过头去看他们。

事实上，我旁边的护士没有立即起身去关门。她看起来很困惑，然后仿佛说谎被抓个正着，一下子红了脸，而且红到了脖子根。她看起来很恼怒，像是刚刚接到了加班通知。她拖着步子走到门口，用她的鞋跟将门带上，门把手几乎卡住了，但没有完全卡住。

在小说里，那一幕到此为止，尼娜意识到，他们正在讨论的那个孩子，那个快要死去的孩子，正是她自己，但现实当然不是这样。生活依然在继续。没人大喊"停!"没人会画下句号，干净利落地让这一章就此收尾。

于是，在现实生活中，门被再次推开，接着我听见那个我没看见的孩子和护士讨论起了我即将到来的死亡。可能会是什么时候？我得知，要不了多久——明天，后天，或是这周某个时候。为什么会这样？我病得很重。为什么医生不能治好我？我的病太严重了。那是不是意味着我永远不能回家了？是的，我永远也回不了家。我会去天堂吗？有人用谆谆教诲的语气回答道，是的，因为我一直是个好姑娘，一直在好好吃药。

女儿

当下

我们正驱车疾驰在郁郁葱葱的乡间，道路在田野边界周围纵横交错，这时候，我意识到，我的女儿危在旦夕。

车窗外的风景宛如文艺复兴时期的油画：连绵的绿色山脉层层叠叠，直至消失在蓝色的雾霭中。这天是圣枝主日 [1]。早些时候，我们经过一座教堂，做完弥撒的人们出来时手里都紧握着橄榄枝。太阳高高地挂在天上，道路两边的树木和谷仓都立在各自的影子里。

几分钟前，我爬进了车后座，手里抓着急救药箱，此刻，我正抱着女儿，丈夫则在全速开车。

女儿的呼吸很浅，也很费劲，她的嘴唇肿了起来，皮肤上长出了斑，还有些发青发紫。她那张精致的脸上有多处凹陷与

1　圣枝主日（Palm Sunday），也称棕枝主日、基督苦难主日（因耶稣在本周被出卖、审判，最后被处十字架死刑），是圣周开始的标志。

肿胀，变得很扭曲。她双手紧紧抓着我的手，可双眼却翻到了脑后。我摸着她的脸颊，唤着她的名字。我说，醒一醒，不要离开我们。

在这样的时刻，你的思维会收缩，变得敏锐而狭隘。世界一片黑暗，你化身为一个晶莹剔透的光点，只有一个目的：让你的孩子活着，把她留在生者的世界，紧紧抓着她，永远不松手。

你脑海里浮现的，是贴在你家厨房橱柜里的紧急医疗计划，上面写着你该怎么一步一步做。你曾皱着眉头、仔细研读过这些内容，有时候，你还对着它们流过泪。我把它们塑封起来，妥善保管着。柜顶用胶水贴着一张女儿小小的大头贴，那时候她比现在还要小，看着镜头时露出了快乐且信任的表情。

日常生活里，这些文件中的措辞和括号里的备注事项，以及药剂的名称会肆无忌惮地浮现在我的脑海中。当我给最小的孩子读故事时，我的脑子里会传来嘀咕声：如果呼吸变得费力。当我在工作日的早上搅着一锅粥时，我会听到：肾上腺素自动注射，或者是，呼叫支援。当我在等红灯时，我会发现自己在念叨：不要离开病人。过敏反应可能会危及性命。

此时此刻，当我和她一起坐在车里时，那些文件清晰而完整地呈现在了我的脑海里。我可以看到那些绿色的小盒子就在我眼前，里面装满了言简意赅的文本，附带电话号码、流程图，图上的箭头自信地从一个痛苦阶段指向下一个痛苦阶段，从一层地狱指向下一层地狱。我将这一切牢牢记住，弄得明明白白，刻在心里。那些只言片语时常化作低语声，回响在我脑海中，我知道，这是在进行预演。为这样的时刻做好必要的信息铺垫。现在，那些绿色的盒子完整地展现在我了面前。

过敏性休克：1901 年，一位名叫夏尔·里歇的法国医生在研究水母的毒液对狗产生的影响时，发现了这一现象。他起先以为，给狗注射少量的毒液可以让它们对之后注射的剂量产生免疫力；实际上，狗在接受第二次注射后，出现了呼吸困难的症状，随后便戏剧性地死掉了。报道称，他当时大叫道："这是一个全新的现象，得给它起个名字！"[1]

一开始，他受到希腊语的启发，造出了"aphylaxis"这个词：前缀 a 指的是"缺失"，而 phylaxis 指的是"防御"。合在一起，便是防御缺失。之后，他又加了几个字母，让它更容易发音，于是就变成了如今的"anaphylaxis（过敏性休克）"这个词。这项发现为他赢得了诺贝尔奖。

据说，首个记录在案的案例与埃及法老美尼斯有关，他死于公元前 2641 年，是被黄蜂蜇伤后死掉的。所以说，过敏性休克并不是一个全新的现象。有象形文字石板和致命的昆虫为

1　原文为法语：C'est un phénomène nouveau, il faut le baptiser!

证。我曾经仔细研究过这段描述，情不自禁地想象着当时的场景：被蜇了一下后感到剧痛，脖子上长出疹子，四肢肿胀，呼吸道堵塞，喘不上气来，然后瘫倒在地。从美尼斯发病到他死亡，到底过去了多久？他知道自己怎么了吗？他之前被蜇过吗？我希望整个过程并未持续很久，希望他一下子便走了，这对他来说也算是一件好事。身体明明是自己的，却喘不上气来，这会让人感到恐惧，血液明明在自己的身体里流淌，却与自己作对，这会让人感到残酷。

　　我女儿同美尼斯和里歇的狗一样，生活在防御缺失的环境中。过敏性休克的头一个症状通常是荨麻疹，即口腔或四肢周围出现的红肿隆起。这时候，如果幸运女神站在你这边，如果行星连珠，口服一剂抗组胺药物有时便可以缓解症状。不过，嘴唇、双手和眼睛可能会肿胀，然后是舌头。呼吸受到了限制，变得嘈杂。然后你就知道，你的处境很危险，抗组胺药物没有起作用，没能安抚诸神：你需要唤醒体内的系统，你需要尽快注射肾上腺素。到了这时候，患者会尖叫，会用指甲挠自己的喉咙，会因为痛苦和恐惧而嗓音嘶哑。之后，他们可能会脸色惨白，会浑身无力。他们可能会意识涣散。如果得不到治疗，那么离心脏骤停也就不远了，就像美尼斯当年那样。

　　我做过详细的记录：平均说来，我女儿每年会出现十二到十五次不同程度的过敏反应。她生来就免疫紊乱，这意味着她的免疫系统对某些事物反应不足，对另一些事物又反应过激。我另外几个孩子若是感冒了，可能很快就会自愈，她若是感冒了，可能会遭受重创，需要住院治疗，需要用呼吸机，需要挂点滴。有许多东西会让她过敏，如果她碰巧接触到了其中一种，那她可能会出现过敏性休克。过敏性休克还会出现在下列场景中：她吃下了含有极少量坚果的食物；她坐在有人刚在那儿吃过芝麻的桌子旁；附近有一颗蛋被打碎了；她被蜜蜂或者黄蜂蜇了；她碰了吃过坚果、鸡蛋或浇了南瓜子油的沙拉的人的手；她走进衣帽间，其中一件衣服的口袋里有一颗花生；她坐在游泳池的浅水区，旁边刚好有人涂了含杏仁油的防晒霜；便利店店员跟我说饼干里不含坚果或鸡蛋，但他们夹起饼干时用的钳子早些时候夹过果仁巧克力饼干；火车的车厢里或者飞机的走道对面有人打开了一根含有坚果的能量棒；学校里坐在她旁边的人早饭吃了穆兹利[1]。

我可以继续举例。

于是，我们生活在高度戒备的状态中。我必须时刻知道她人在哪里，和谁待在一起。我每次走进一个房间，都会像特种部队一样扫视房间里的一切：这里有没有什么东西可能会对她

1　穆兹利（muesli），发源于瑞士的一种流行营养食品，主要由未煮的麦片、水果和坚果等组成。

构成危险？桌子的表面、门的把手、室内的装饰品、装满碎屑的盘子，这些会对她构成威胁吗？她的老师和助教必须接受过敏、用药和急救方面的培训。我一遍又一遍地阅读成分表和过敏原清单。不管我们去哪里，我都要一遍又一遍地和对方确认：你确定吗，你肯定吗，你有把握吗？你能以性命发誓，保证那份汤里不含坚果也不含种子吗？它有没有可能碰到之前搅拌过坚果的餐具？你肯定你的热巧克力里不含榛子粉吗？我能不能看一下包装？

我们从来不会不带她要吃的药就出门，也不会落下她的急救箱。我们知道该怎么给她注射，知道怎么做心肺复苏，知道如何识别血压过低、呼吸困难、荨麻疹、心力衰竭发作的症状。

当人们跟我说他们非常理解我的感受，因为他们是麸质过敏体质，一吃面包就会胀气，我知道，这时候，我必须平静地点点头。我也知道，有时候，我必须耐着性子，和和气气地向别人解释，对他们说，不行，不能把那些鹰嘴豆泥带到我们家；不行，不要以为给她吃一点她就会习惯，这不是什么好主意；不行，请不要在她旁边打开那个；是的，你的午餐可能会要了我孩子的命。

她哥哥六岁的时候，我教会他如何拨打999，并对着听筒说出这样一句话："这里有过敏性休克患者，需要急救。"过敏—性—休—克：他常常练习这个词的发音，确保在必要时能正确脱口而出。有了她以后，我曾多次在医院走廊里狂奔。本地医院急诊室的护士都能叫出她的名字，跟她打招呼。她的过敏症专科顾问医生曾经多次告诫我，让我们不要把她带到好医院所在范围外的地方。

在意大利时，我们待在车上，遇到了一个难题：我们不知道自己到底身在何处。我们迷路了。这天早些时候，一位朋友邀请我们去她朋友们的农场：她向我们保证，那里会有驴子、刚出生的山羊、小狗、新鲜的奶酪、马、猪。我像往常一样，在脑子里飞快地过了一遍这种户外活动所涉及的风险：当然是微乎其微。我们不会吃任何东西，会待在户外呼吸新鲜的空气，享受阳光，我可以给她一份小剂量的抗组胺药物，只是以防万一。她很喜欢动物，有什么理由不让她去农场看一看呢？难道不应该让所有的孩子都有机会摸摸驴子，亲手喂喂刚出生的山羊吗？

我们开着自己的车，不假思索、无忧无虑地跟在朋友的车后头，甚至连地图都没瞄一眼。我们在农场里待了一上午，轻抚着山羊和它们刚刚长出来的小犄角，又摸了摸驴子，看着乌龟在草丛里笨手笨脚地爬行。当我的女儿开始觉得身上有点痒、不太舒服的时候，我们便离开农场，驱车驶入乡间，朝着我们自认为正确的方向而去。

此刻，她病得很厉害。此刻，她危在旦夕，而且我们还迷路了。

我们隐隐约约地觉得我们正位于拉齐奥[1]边境的某处，但我们的手机没有信号，车内仪表盘上的卫星导航系统在外太空漫游。生命正从我的孩子身边一秒一秒地溜走。一旦你给肌肉注射了肾上腺素，你需要立刻呼叫救护车。她需要去医院：她需要心脏监护器、一剂类固醇、稳定血压的药物、抢救设备、一位医生——实际上，需要好几位。

如果我们的手机没有信号，也不知身在何处，那我们应该如何呼救？

我在脑海里回想着她的一举一动，想知道到底发生了什么，我到底做错了什么，忽略了什么，从我的警戒网中溜走的是什么。是附近某棵开花的坚果树的花粉吗？是某人手上残留的某种东西吗？还是动物饲料里的某种东西？她会不会在哪里吸入了一些坚果或种子的粉尘？我没能看到、没能阻止、没能留意到的，究竟是什么？

我和丈夫的眼神在后视镜中交汇。我试着沉默地同他交流，因为我不想惊动女儿，也不想惊动她的兄弟姐妹，但我希望丈夫可以明白这一切：她快要死了，像美尼斯那样，就在我

1　拉齐奥（Lazio）是意大利的一个大区（该国的第一级行政区划），位于意大利中西部。

的怀里。

她的皮肤起了水泡，每一次呼吸，都是一曲奋力奏出的混杂着口哨声和喘息声的交响乐。她的面孔一片惨白，长着猩红的荨麻疹，有着怪异的肿胀。

我想：她不能死，现在还不是时候，也不能在这里。我想：我怎么会让这种事发生呢？

从前，有一个女孩在某个院子的中庭碰到了一个男孩和他的朋友。那天，女孩因为什么事有些生气（到底是什么事并不重要），当她同男孩和他的朋友说话的时候，她用靴子的脚尖踢着一堵墙。那时候，她一直穿着黑色靴子，靴子很大，鞋带绕着她的脚踝绑得紧紧的，她穿着的短裤，是男孩长这么大见过的最短的短裤。

男孩走开了，他想着他还从没遇见过像女孩那样可怕的人。女孩走开了，她想着男孩可真害羞。他们俩谁也没想到，多年以后，他们会相爱，并最终结婚。

靴子踢墙事件之后过了十二年，男孩和女孩——更确切地说，是男人和女人——有了一个孩子。孩子有着女人的眼睛，和男人那高高的发际线；他们都暗自笃信，他是有史以来最漂亮的婴儿。

当孩子开始走路和说话的时候，女人觉得她也许还想再要一个孩子。她又怀孕了，但这个胎儿还没生下来就夭折了。她哭了很久，她将自己的孩子抱得更紧，并且为了再次怀孕而努力。她试了又试，等了又等，她等待着，尝试着，但不知怎么回事，她的身体没能像上次那样成功受孕。它关上了门。它似乎忘记了如何怀孕，忘记了如何去施展那种特别的技巧。

她吃维生素；她做瑜伽；她去手法很好的从业人员那里做针灸；她等待着、静候着。每个月，每二十八天，她都会觉得自己又一次失败了，自己的愿望又一次莫名其妙地落空了。

一位医生给她验了血。他告诉女人："你没理由怀不上孩子。"

有人给她做了内脏扫描。他们告诉她："你没理由怀不上孩子。"

那为什么一直没怀上呢？女人想知道。

他们无法告诉她到底是怎么回事。他们耸了耸肩，他们转过身去，他们洗了洗手。他们说："要是你不去想这件事，也许你就能怀上了。"

女人跺着脚穿过停车场。如果那里有一道墙，她可能会踢上去。当她把钥匙插入点火开关时，她认定，这是英语里她最讨厌的一句话。

"要是你不去想这件事，"当自动栏杆升起，放她过去时，她对着栏杆咬牙切齿道，"也许你就能怀上了。"

"要是你不去想这件事——"她冲着沉默的收音机厉声说道。

当她把车停在儿子的学校外头时，她正喃喃自语："你就能怀上了。也许。"她注视着等在校门口的妈妈们。所有这些妈妈都有一个孩子在这所学校就读，也可能有两个，还有个更小的孩子在婴儿背巾或童车里。最近，她的儿子不再问他什么时候可以有个小妹妹或小弟弟了；女人没有忽略这一点。不过，他上周才问过，捉人游戏能不能一个人玩。

她深吸一口气，打开车门，把头发往后一甩，走了出去。

当然，问题在于，她脑子里容不下其他事。她没办法不去想这件事。与之相关的渴望、需求、悲伤、失望始终存在。不管她做什么事，它都会给她带来源源不断的阻力。她想要个孩子；她想给儿子生个小妹妹或小弟弟；她想要她失去的那个孩子；她就想要个孩子，随便哪个都行。她觉得自己仿佛戴上了一副永远也摘不下来的眼镜。

男人和女人分别去看了不同的医生。这间诊所的窗户是不透明的；候诊室里挤满了板着脸的人；这里的空气中渗透着渴望、失落和微薄的希望。这个地方不会有人问她什么时候能快一点。这里不会有人说抓紧时间这样的词语。

有一次看医生，女人带了儿子一起，候诊室里的其他人飞快地看了他一眼——看着他的丁字凉鞋和往下卷的袜子，看着他衬衣下的肩胛骨，看着他抓着母亲手的手指——又移开了视线，女人为自己的悲伤而羞愧，她已经拥有了太多，她已经拥有了他。而候诊室里的这些女人来这里已经有好几个年头，却没有任何收获。比一无所有还要糟糕。

女人给自己打了一针，做了扫描，让自己的血液接受筛查，然后躺在床上，任由他们用金属仪器进行搜索和探究。

接到电话的时候，她正站在超市里的奶酪柜台前，对方跟她说，治疗没能奏效，血检的结果是阴性，不够充分，这一切都白费了，没有形成胚胎。

好的，她一边对手机说道，一边盯着切达干酪，侧边涂满奶油的布里干酪，还有楔子似的帕尔马干酪。好的，谢谢您，我明白了。她没说再见，就把电话挂了。

"谁找你?"她的儿子抬起头望着她，抓了一包他最喜欢的三角形奶酪。

没人找我。她说。没什么。真没人找我。

它是一种魔法。这一点我很确定。

我不是个神秘兮兮、讲究迷信的人。我不相信运气，不相信命运，不相信任何神灵，不相信因果报应，不相信天谴。我也不信施法那一套。

然而，在奶酪柜台插曲过去几个星期之后，我一直觉得无精打采，很疲惫，很恶心。我去了斯凯岛[1]，待在露营车里，那个地方一直在下雨，不是一阵阵地下，是每天都下雨，一刻也没停过。我一直在流血，血越流越多，多到不正常。于是我去了一家药店，不自觉地低声咕哝着，询问店员有没有补铁的药片和"精神护垫"，意识到我的发音有问题[2]后，我忍不住歇斯底里地大笑了起来。付钱时，我看到柜台后的女士用关切的眼神望着我。

雨点横着落下；雨点竖着落下；雨点打着转儿落下。我在山上哭，在沙滩上哭，在树林里哭，在海里哭：不管在哪儿，只要不会被儿子注意到就行。我在布瑞特峡谷的仙女潭里游泳，我拉上拉链，穿好潜水服，潜入水中的拱门，然后重新浮出水面，空气冷得让我感到肺部很痛。当我在清澈、寒冷的水中穿梭时，我决定不再接受不孕治疗，不做任何新的尝试；我们家也不会添宝宝了。

我回到家，把车库收拾了一下：所有的婴儿毯、摇篮、孕妇装都被我打包送去了慈善商店。我已经有了一个孩子，不会再要孩子了。我生命中的这一章节已经画上了句号。一切都结束了，完结了，我需要接受这个现实。

但有什么地方不对劲。体外受精后，我的身体只有一次排

1　斯凯岛（Skye）位于苏格兰西北近海处，是苏格兰西部赫布里斯群岛中最大最北的岛屿。
2　作者本想说的是"卫生护垫（sanitary towels）"，结果因为发音错误，说成了"精神护垫（sanity towels）"。

卵，之后就什么也没有了。它似乎在伺机而动，或是在等待着什么。此后又过了十周、十一周、十二周，我还是没来月经。所以我又回到了诊所，当然，现在的我很讨厌这个地方，我去看了医生，他又送我去做扫描——"看看是怎么回事"——当他们拿着仪器扫描我的腹部时，它出现了。一个警觉的、活跃的活物，四肢疯狂地挥舞着，仿佛想要引起人们的注意，一颗心脏在跳动，由明到暗，如此循环往复。

医生倒抽了一口气。护士们捂住了嘴巴，然后开始焦急地翻阅着我的档案。怎么会这样？他们问道。尽管没有妊娠的迹象，尽管经历了一场大出血，尽管双胎里有一个流产了，尽管血检呈阴性，尽管所有证据都显示胚胎没能活下来，已经分离出去，飘向了远处，可这个胚胎还是存活了下来，这到底是怎么回事？

但这个十三周大的胎儿克服了所有困难，活了下来，在我肚子里向我们招着手，而这一切都是她应得的。

六个月后的初春，我的女儿出生了。她整个人小小的，眼睛大大的，像水獭一样柔软，头上长着绒毛似的白金色头发。不管谁从我手中把她抱走，她都会撕心裂肺地号啕大哭。她出生后的第一个晚上是蜷在我的肩头度过的，她很安静，不吵不闹。每当我低头看着她，她都半睁着眼睛，回望着我，仿佛在确认我还在那里，没有去别处。

在童话故事里，得偿所愿都是要付出代价的。愿望的实现往往伴随着附加条件。总要付出代价。当我在那个晚上抱着她，当我盯着超声扫描仪器的屏幕，当我冲出诊所，笨手笨脚地掏出手机，想要按下正确的按钮，以便我可以给我丈夫——也就是院子里的那个男孩——打电话，跟他说，你肯定猜不到我刚刚看到了什么，在这些时候，我怎么会知道，这一切是要付出代价的呢？

我多么渴望，魔法奏效之后，付出代价、承受磨难的，是许下愿望的我。我愿意付出一切，只要能破除她身上的诅咒，把它转移到我身上，由我来承担。可是，事已至此，必须由这个孩子，这个无辜的宝宝来承受痛苦，而我，只能袖手旁观。

她承受着这一切。

我第二个孩子出生的第二天，我脱掉了护士给她穿上的婴儿睡衣，那时我依旧离不开输液架，而且因为打过麻醉剂而晕乎乎的。我的手颤抖着，可能是因为那股新鲜劲还未过去，也可能是因为药效还在，很难说清楚到底是为什么；等我小心翼翼地将她身上的睡衣褪下后，有一大串东西落了下来，像雪一样稠密。突然间，我的大腿上落满了白色的尘埃。

我觉得很古怪，但还是将睡衣扔到一旁，把这事忘得一干二净。

那是第一个征兆。

医生问我，她的湿疹最早是什么时候出现的，我说，她生来就有。一周后，她的皮肤像干掉的胶水一样，一片片剥落下来。外套的袖口对于花蕊般娇嫩的她来说，似乎有些太过粗糙；摁扣的圆形背面和拉链的底部如同金属暴徒一般，给她带来了损伤，留下了红肿的印记。

她的皮肤似乎一直都不正常。上面有许多斑点，摸起来很烫，像沙子一样干燥，因为发炎而皱巴巴的。等她满月的时候，她已经被湿疹包裹，全身都是青色的，还有多处红肿。如果她弯起手腕、胳膊或腿，她的皮肤就会裂开；疾病侵占了她身体的每一寸、每一处缝隙，从脚趾关节到耳朵最里面的褶皱都没有放过。

那个春天，当人们朝着婴儿车走来，迫切地想要看看宝宝的时候，我发觉自己不自觉地抓紧了车把手，做好了如临大敌的准备。我默默地希望他们能挑一些好话说说：赞美她蓝色的眼睛，她金色的卷发。不要惊恐地退后一步。不要倒抽一口气问，她这是怎么了？

每当我回想起那些日子，我总有一种冲动，想走到那时的自己面前，把手放在她的肩膀上说：你不知道接下来会发生什么。你看，在那个时候，我还觉得这个问题有解决办法。不就是湿疹吗？能有多严重呢？

当我推着她红色的婴儿车爬上斜坡时，有些事情我还不知道：目前还没有治疗湿疹的有效方法。虽然她的皮肤看起来已经够糟糕的了，但它依然有可能会变得更糟糕。湿疹如果到了最严重的那一步，会很危险，甚至危及性命。她的皮肤每时每刻都在折磨着她。这也意味着，她会面临很多更为严重的健康问题。

到她差不多九个月大的时候，她已经见过了家访护士，对方建议我们去找全科医生，全科医生又建议我们去找皮肤病护士，皮肤病护士建议我们去伦敦某家大医院的皮肤病顾问医生那里看看，她和她哥哥都是在那家医院出生的。

见完医生后回来的路上，我碰到了我的朋友康斯坦丝。她看了一眼站在人行道上的我，问我到底怎么了。我在一道矮墙旁坐了下来，紧紧抱着女儿，她挠着身子，扭个不停，血流到了衣服上，哭得很厉害。康斯坦丝接过宝宝，这时我跟她说，我等了四十五分钟才见到顾问医生，结果等我们走进房间的时候，她已经在一块板子上写着什么了。我原先以为是之前哪位病人的什么笔记，可紧接着，医生大手一挥，从她的处方笺上撕下一张纸递给了我，而我甚至还没来得及坐下来。"给！"她说，"好消息是，他们在这个年纪还没学会挠痒！"她没有给我的女儿做检查，连一个问题都没问我；她甚至没往婴儿车里看一眼。如果她看了，她可能就会看到小宝宝的手腕被系带磨得发红，可能就会看到一个从头到脚满是往外渗着血的明显擦伤的婴儿，可能就会看到我女儿眼里流露出的绝望、疲惫、备受折磨的神情——九个月大的孩子不应该有这样的眼神。

当我乘坐电梯下到一楼时，我看了一眼处方，发现医生给我开了一瓶含有石蜡的润肤霜，我女儿五周大的时候，家访护士给过我一瓶。它没有任何作用。

二十多岁时，我依然在努力寻找人生正道，那时候，我常反反复复做一个特别真实的梦。梦里分不同的阶段，但总是一样的场景，一样的环境，而且通常出现在我生命中的变化与动荡期。在我又一次从破旧潮湿的公寓搬去另一个住处的时候，在我换工作的时候，在我甩了一个男人或被一个男人甩了的时候，在我听到某个耸人听闻的消息的时候，在我爱的人遭遇不幸的时候，这个梦便会从我的潜意识里升起，出现在我脑海中。我往往会在这样的时刻做这种梦，而且通常会一连好几个晚上都做。

在梦里，我会走在一条小路上，我面前有一个小女孩，她有一头淡黄色的卷发。她总是在哭。我看到她瘦弱的肩膀因为痛苦而缩成一团，她的双手在擦拭着眼泪，她走路时双脚颤颤巍巍。

我总是试图追上她。有时候，我能做到；其他时候，尽管我拼尽全力去追赶，但我们之间的距离只增不减。如果我好不容易到了她身边，我会把她抱起来，有时还会背着她。我仍然可以回想起梦里她的胳膊抓着我的肩膀的那种感觉。

　　对于像她这么小的孩子来说，她很重，仿佛她所承受的痛苦都压在了我们两人身上。如果我好不容易够到她，如果我将她揽入怀里，她就会停止哭泣：我一直都知道自己能够带来这种变化。有时，我会猛然醒来，惊慌失措，知道自己什么忙也没能帮上。

　　我第一次做这样的梦是在一个午夜，当时我二十二岁，正从中国出发，沿着西伯利亚大铁路，踏上漫漫回家路。我记得那一回，我颠簸着醒了过来，坐在自己的床铺上，紧紧抓着包裹着我的睡袋，环顾着车厢，仿佛那个孩子可能会站在那里，等着我。

　　她不在。

　　我爬下床，蹑手蹑脚地经过睡在我下铺的同车厢室友，然后走到了过道上。火车在夜色中摇摇晃晃，咣当作响，它在我们睡着的时候离开中国，穿过蒙古，将我们拉向北方。我看向戈壁，它在车窗外后退，我把指尖按在玻璃上，试图抓住一缕缕正在消散的梦境：女孩、小路、她的悲伤之情、我想要帮助她的强烈冲动。窗外的天空浩瀚无垠，闪烁着星光，视野如此广阔，我觉得自己几乎可以看见地球的弧度。

我记得，当我独自站在过道上，身处夜晚的沙漠中时，我想，梦里的那个孩子一定是我自己：从她身后看去，她跟以前的我一模一样，有着瘦弱的身形，苍白的头发，外露的情感。我推断，我一定是一直想要追上更年轻的那个自己，去安慰她，去告诉她，一切都会好起来的。但真的是这样吗？我凝视着窗外的沙漠，扪心自问。一切都会好起来吗？我不知道。

多年来，我一直相信这种解释：我在夜里梦到的，都是成年的我与幼年的我在潜意识层面相遇的场景。可现在，我会想，那条小路上在我前面的那个孩子，会不会是我的女儿呢？

她和我有一些共同的生理特征；无论是朋友还是陌生人，在评价我们时都常说我们很像。我俩在相同的年纪拍的照片特别像，简直可以互换，当然，你得忽略我当时身上穿着的拉链尼龙套装，那属于二十世纪七十年代。我有一卷我五岁那年参加街头派对的胶片，那卷胶片已经褪了色，上面的人影也很模糊，却依然曾让女儿满怀信心地喊道："那个人是我。"

后来，我再也没有做过那些梦了。它们消失了，蒸发了，连同我二十多岁时的其他小插曲一起：沉闷的出租公寓，让人看不到未来又提不起劲的工作，深夜在城市游荡，末班巴士，火车月票，时不时不吃饭，考虑不周的男友，从电话亭打来的紧急电话，衣服（不够结实的连衣裙、短到露出整个腹部的 T

恤衫、低低地架在髋骨上的裤子），真诚而努力地劝说比你年长的人，告诉他们你确实可以达到他们的要求，你的确可以，你肯定你可以，你只差一个机会。

我女儿是在出生前十五年就来到我身边了吗？我想是的。她就在那里，穿越时空，回到过去，同一个还未准备好成为她母亲的人擦肩而过——老实说，我当时还远没有准备好——向我眨眨眼，暗示她有一天会出现在我生命中。她这么做，也许是想让我为日后做好准备，播下毅力、怜悯和韧性的种子，而这些都是她活下去的必备品格。

照料一个患有慢性湿疹的孩子需要细心和耐心到什么程度，很难用三言两语说清楚。这些孩子每时每刻都很痛苦，都很不舒服。他们睡不着，吃不下东西，也不能玩耍。他们觉得衣服令人难以忍受。任何东西都会让他们发痒——热、冷、羊毛、沙发、动物、风、草、树叶、食物、玩具、香水、肥皂、烟雾、沙子、水泥、泥巴、水、果汁、绳子、松紧带、衣服、灰尘、霉菌。他们的注意力特别容易涣散，因为来自皮肤的疼痛过于强烈、过于令人分心。

我一直不知道还有这样的事情。我从来没有想过会存在这样的痛苦、这样的折磨。我抱着这个号啕大哭的可怜宝宝，在家中的房间里四处走动，不知该如何是好。我给她涂了医生开给我的药膏，但没有用——一点效果都没有。我不敢相信世间会允许这样的状况存在，不敢相信会发生这样的事。我想对着墙壁、对着地毯、对着椅子号叫，问问我到底该怎么办。我想对某个地方的某个人抱怨，想抗议。我常常有一种冲动，想带着她跑到街上，拦住经过的人，把我的女儿递给他们看看，然后说，看到了吗？你听说过类似的事情吗？你知道该怎么办吗？你能帮帮她吗？你能帮帮我吗？

我不知道该如何活着，该如何生活，该如何眼睁睁看着这么小的孩子承受如此巨大的痛苦，该如何尽量减缓她的痛苦。

有时我会把她放进婴儿床里，让她在那里待一会儿，这样我可以倒杯喝的，或者做点吃的，甚至去趟厕所。可事情做到一半，我就会受到尖叫声的呼唤，回到她身旁，然后发现，在我短暂离开的那段时间里，被褥、婴儿床、墙壁，以及宝宝此时都沾满了血，因为她刚才一直不自觉地挠来挠去，撕扯自己的衣服，抠自己的皮肤。我会把她抱出来，安抚她，给她涂润肤霜，为她换上干净的衣服，换掉床单，将弄脏的衣物和床单放进洗衣机。我会尽量保持冷静，保持乐观。我会让她躺在她的游戏垫上，并对她说，看，有个球！有个拨浪鼓！有本可爱的书，有只嘎嘎叫的橡皮鸭！接着，我会看着她翻过身去，让这些东西都从她的指尖滑落，然后缩成一团，开始在垫子上摩擦手臂，以此来寻求解脱，释放压力，获取除痛苦之外的别的感觉。

与那位皮肤病顾问医生进行了可怕的会面之后的第二天，那天早上，我大概是第二十次，又或者是第三十次试图给我的女儿涂点润肤霜，好让她能安静下来吃点东西，这时候，康斯坦丝打来了电话。

"我知道你们应该去看哪个医生了，"她说，"他叫福克斯医生，你得自费，不过他是最棒的。大家都这么说。"

"真的吗？"我将装有润肤霜的瓶瓶罐罐扔回沙发下的篮子里，嘀咕道，"私人医疗，我不确定这是不是——"

康斯坦丝打断了我："你不能一直这样下去。她也不能。"

我低头看着女儿的脸，看着她充满感情的蓝色眸子，看着她受伤发红的脸颊和额头，看着她脖子上受到了感染、往外渗着脓水的皮肤，看着她血迹斑斑的睡衣。

我记下了医生的电话。我约好了就诊时间。我付了两百英镑。没过几天，我们就坐在了福克斯医生的面前（无须等待，也不会莫名其妙地延期）。他问起女儿的出生和饮食状况，问了我和丈夫的既往病史。儿子和我们一起坐在房间里，医生笑着看了眼儿子，说："我看，他身上没有湿疹。"他让我脱下女儿的衣服，当我照做的时候，他小心翼翼地收起了所有表情，陷入了沉思，显得很专业。他抬起她的胳膊，检查了她的手腕、她的双腿、她的躯干，在触碰她时，他的动作无比温柔。

他写了张单子，列出了我们可能会用到的东西：沐浴油、肥皂替代品、类固醇、润肤霜、抗菌药膏、不含洗涤剂的洗发水。他让我们去他的 NHS 诊所就诊，这样我们下次就不用自掏腰包。他给了我一沓关于敏感皮肤、防晒霜、如何洗衣服、专为湿疹患者准备的衣物、丝绸手套、封闭式睡衣的传单。

我感谢了他，起身刚准备要走，这时候，他说："我想做些过敏原测试。只是以防万一。"

我又被拉了回去。我差点就说"不用麻烦"了。到这个时候为止，她看过的其他 NHS 医生都没有提到过敏的问题。到目前为止，她只喝牛奶和一点点水果泥。过敏不在我的考虑范围内。我没有任何过敏史，我丈夫和儿子也是。但因为这位医生对我的女儿特别好、特别细心、特别小心翼翼，所以我说，好的。我当然同意了。我还有别的选择吗？

接下来发生的事就不用我说了吧，测试的结果立刻就出来了，是再明确不过的阳性。她对一大堆东西过敏，有几样会让她陷入危险且致命的过敏性休克。图表中，她的免疫球蛋白 E 值出现在了灰色区域，即超标区域中，情况非常糟糕。在那一刻，我们的生活转向了一个全新的角度。我看着结果，不敢相信自己在带她一起环游世界的时候居然不知道这么做会造成可怕的后果。（但我的确带她去了非洲，去了瑞典的一座偏远的小岛，我想尖叫，仿佛单靠音量就能回到过去，阻止这一切发生。）几分钟后，我们和一位实习护士到了一个房间，随后，她给我和我丈夫展示了如何将肾上腺素注射到橡胶娃娃的大腿上。

和一个有生命危险的孩子一起生活，爱一个随时可能被夺走的人，会对你产生怎样的影响？我经常思考这个问题。

你的人生永远有嘈杂的背景音，暗藏着无数危机。你开始以全新的方式体验人生。你可能再也没法去散步、去花园闲逛，再也不能去游乐场，不能去农场看满地跑的山羊宝宝。你必须时刻评估风险并将其一一列出：授粉期的银桦树，垃圾箱里的食物保鲜膜，开花的坚果树，活蹦乱跑、在空气中留下皮屑和毛发的狗。很快，你便学会了如何在痛苦到揪心、只听得见猛烈的心跳的情况下缓和甚至隐藏焦虑和紧张的情绪，保持冷静，调整嗓音。当你看到有人拿着巧克力榛果酱走近，你冷静地轻声说道，我们去那边吧，而其实，你身体里的某一部分只想大声尖叫着说，快跑，不然会没命。

你一反常态，将一切安排得井井有条：你记得要更新处方清单，要写下药物的过期时间，要写信，要给政府部门打电话，要在网上搜索资料，要把药物分门别类装好，要记录每次发病的症状和诱因，要填写表格，要给前台打电话，要及时了解最新的医学论文、报告和试验，要提前约好就诊时间，要从手提袋里拿出急救医疗箱放进另一只手提袋——因为你永远不能，也不该不带它就出门。

在医生当着孩子的面将可怕的消息告诉你时，你摆出一张训练有素的完美扑克脸。但很快，你学会了在看医生时带上耳机和有声书，这样你就可以给她戴上耳机，让她去听《好心眼儿巨人》[1]而不是医生接下来要说的内容。你学会了不停地说谢谢；对接待员、对护士、对医生、对勤杂工、对端茶送水的人、对收拾干净装有废弃针管的垃圾桶的人。

你的孩子每次出门时，你都会确保自己跟她好好道了别，确保自己望着她的眼睛，语气正常。有时候，在校门口，你不舍得松开她的手，但你告诉自己得勇敢些，得拼命藏起这些情绪。你发现自己很难丢掉孩子画的画、做的手工，或是喜欢的东西；你犹豫了很久，不知道该把它们丢进垃圾箱，还是捐给慈善商店，然后终于下定决心：不，你不忍心丢掉那个用胶水粘得歪歪扭扭的猫头鹰，也不忍心丢掉那个破破烂烂的小狐狸，尽管家里的橱柜已经被这些东西塞得满满的了。

你担心——非常担心——这一切会不会对她产生什么影响，会不会影响到她的心理健康，会不会让她有压力。你知道，濒临死亡的经历将会永远改变一个人：你从那个悬崖死里

---

1 《好心眼儿巨人》（*The BFG*，即 *The Big Friendly Giant* 的简称），是一本出版于 1982 年的童书，它的作者是英国小说家罗尔德·达尔，绘者是昆汀·布莱克。这本书讲述了一个叫索菲的小女孩被好心眼儿巨人带到巨人国后，和巨人之间发生的奇特故事。

逃生后就变了，你变得更加聪明，也更加悲伤。你想知道她平常都在想什么，在她觉得呼吸困难的时候，在她听到远方传来救护车哀号的时候，在她看到妈妈拿着注射器快步向她走去的时候，在肾上腺素到达血管，使她整个人都为之一颤的时候，你想知道，在这些时候，她的意识都去了哪里。你明白，任何一次像这样差点坠入深渊的经历，都会让孩子不同于常人，不同于以往。当然，对此你无能为力，但你还是止不住地担心。你还担心这些会不会影响到她和兄弟姐妹的关系。你不想让她的哥哥或妹妹感到自己被忽视、被笼罩在阴影下或是——上天保佑不要——讨厌她。你很担心。

你多希望人们能将更多注意力放在她身上，而不是只看到她的病情，你特别不希望别人觉得她重病缠身。但太多时候，她的湿疹、她的过敏、她突如其来的发病便等同于她这个人、她这样一个孩子。你在校门口听到有人称她为"戴手套的女孩"，你想走过去跟他们说：告诉我，你们对她的了解就只有这么多吗？

你希望人们把她当作一个普通人，而不仅仅是一种医学现象。你开始讨厌"问题"这个单词：她遇到的不是"问题"；她本身也不是"问题"，她出现在房间里更不是"问题"。你花了很长时间，去挑选心理上可以接受的单词，最终你选择了"挑战"这个词。你试着说：我的孩子面临免疫方面的挑战；她面临皮肤方面的挑战。

当身高体重表显示她去年完全没有成长时，你装作没注意到、毫不在意。当她好奇为什么班级里的每个人都比她高时，你熟练地找出许多和"矮小"相近的褒义词——秀气、小巧、精致、玲珑、完美——并把它们告诉了她。

有一段时间，你花费了一些时间和精力，想要搞清楚这种情况出现的原因。为什么是她？不同的医生给了你各种各样的理论，包括：你臼齿里的汞合金填充物、她是试管婴儿、另一个胚胎的流产（那种痛苦就像被扒了一层皮）、前世的创伤（你永远不知道是你的还是她的）、没有意识到已经怀孕的你去打了破伤风针、干净到不正常的家（这点让你觉得好笑）、你的轻度哮喘和你丈夫的偶发湿疹，以及其他种种。你决定放弃找寻原因，将时间和精力投入到如何应对上。

有时候，你觉得这一切都有着神话的影子：你在灯光下举起她的肾上腺素注射器，凝视着针管里透明的黄色液体，意识到你手握的是让孩子起死回生的灵丹妙药。你必须刺痛她，才能拯救她。你可以将她从黑暗中带回来，但你得有正确的医疗用品，你得找到正确的人。有些时候，你会责备自己过于异想天开。但之后，当你给把珀尔塞福涅[1]的故事读给女儿听时，

---

1 珀尔塞福涅（Persephone），古希腊神话中的冥后及谷种女神。她是众神之王宙斯和农业女神德墨忒尔德女儿。她曾被冥王哈得斯掳去冥界，她的母亲因此非常伤心，便到处寻找自己的女儿，最终通过不懈努力将其寻回。

你难以相信这个故事和你自己的经历是如此相似，你也想知道人们对这个故事有多少了解。你和你的女儿一言不发地望着对方，默默回味这个吃了六颗命运种子、被绑架到冥界的女孩和努力将她救回来的母亲的故事。

你会带孩子们去人类学博物馆，你会低头凝视着十八世纪巴布亚新几内亚的护身符，人们会佩戴它们来抵御恶灵、死亡和疾病。有几个护身符刚好可以在孩子的手腕上绕一圈。一股熟悉的期盼、绝望和保护的冲动混合在一起，从珠子、绳子和羽毛中升起。你想着：你也是吗？你想着：这有用吗？你被一种念头驱使着，想把手唰地伸到玻璃下，取出一个护身符，给你女儿戴上，给所有孩子都戴上，然后快步走开。

你会成为这样一个人：就算你心里清楚，帘子后头，有个人正在准备着手术刀，那把刀很快就会用来切除你亲爱的女儿腿上的脓疮，但你还是会对她说，没事的。你将是按住她的那个人。你的双手会压住她的膝盖、她的胳膊；你的躯体会压住她的躯体。你会努力安抚她，告诉她这一切很快就会结束，用自己的声音盖住她的尖叫声。

你学会了在人们说"噢，我真不知道你是怎么做到的"时露出淡淡的微笑。你知道，有些时候，责任、制约和胁迫会压垮你，让你觉得不堪重负。在这样的时候，你必须独自去某个地方，离所有人远远的，在那里，可以尽情大哭，可以自言自语。你会学习如何做心肺复苏的课程，当你重重地按下那个没有面孔的人体模型的机械心脏，倒数十五个数的时候，你想着，有一天，这可能会是我的孩子。

你会发现，你此前从未意识到自己拥有如此巨大的力量。你会发现朋友们说，她当然可以过来，我会事先用吸尘器吸尘，把房间打扫一遍，我会把桌子擦干净，我会做不含鸡蛋的饼干，我什么事都可以做，告诉我需要做些什么。你被善意折服的次数，要比被冷漠击倒的次数多。有时候，你会觉得自己已然无力承受，但还是坚持了下来。

游乐场里的妈妈们看着你女儿的慢性湿疹，用大到她能听得一清二楚的声音说道："她怎么了？这会传染吗？"你对此练就了一张厚脸皮。当有人告诉你，他们不会邀请她去参加生日派对，因为那"太麻烦了"，这时你会将脸转向别处。

你会非常感激那些向你的孩子表现出善意和同情的人，甚至有些过于激动。当你遇到这些人世间的天使时，你得告诉自己，要理智，不要感情用事，不要过于用力地拥抱他们，不要反复跟他们道谢。你看到某位老师不辞辛劳地坚称你的孩子理应被录取；你看到某个药剂师看了她一眼，便授权订购皮肤病防护服，哪怕全科医生认为它们过于昂贵；你看到血水透过孩子的衣服，在座位上留下斑斑血迹，百货商店更衣室的某个女人却什么也没说；你看到某个负责照看过敏患者的护士愿意替你写信，游说学校和教育当局，在你的孩子因为过敏性休克剧痛而造访医院时出现在救护车车门前，张开双臂等候着她；在这些时候，你告诫自己，得放轻松点，不要太过激动。

你对你女儿，对你所有的孩子别无所求，只希望他们的人生不被烦恼、不适及他人的评价所左右。你会在夜里上床睡觉，在黑暗中呼吸，然后想到，又过完了一天。我又让她多活了一天。

扁桃体炎，阑尾炎，长途漫步一开始就浑身湿透的孩子，呕吐，擦伤的膝盖，碎片，沾满狗屎的工装裤，在你刚准备登上国际航班时悄悄地沾上酸奶、梳到脑后的头发，挤到浴室地板上的一大摊洗发水，因为缝针、扭伤、脑震荡而造访的急诊室，新刷好的墙上的蜡笔画，家里屋顶漏的雨，撞车的新手驾驶学员，这些都不会让你惊慌失措。这都是小事；生活远比这广阔。

在意大利，我们沿着一条路往前开，道路逐渐变成了一条颠簸的卵石小径。威尔沉默且坚定地将车掉了个头，朝另一个方向飞驰而去。第二条路似乎也在渐渐变窄，路面变得更加凹凸不平，树木也靠得越来越近。我不再通过后视镜看着威尔的眼睛。我只看着我女儿，紧紧抱着她，仿佛这么做会起到什么作用。很明显，她身体变得更加虚弱，脸色变得更加苍白，还在喘着气，在挠着自己的喉咙；其他几个孩子克制着自己，默不作声。

突然，仪表盘上的卫星导航系统发出了一声响亮的提示音。屏幕闪烁起来，然后灭了，接着出现了一张地图，白色的是道路，绿色的是田野。我们有信号了。卫星导航系统显示，前方有一个路口，拐过几个弯就是一条主干道：它笔直到漂亮，宽阔到仁慈。

卫星导航系统以电子设备所特有的平静语气告诉我们，我们离高速公路有两分钟的车程，离一家医院有八分钟的车程。在我们开车的时候，一个红色的"H"在屏幕的角落里闪烁着，向我们发出信号，指引着我们开过去：八分钟、七分钟、六分钟。威尔在高速公路上加速前进，没有理会最高车速限制，到达奥尔维耶托医院时，我们会在只停放救护车的出口尖叫，我会跳下车，几乎像是在冲刺一样，把女儿抱在身前，仿佛她是一个贡品。我会想着，噢不，别这样。现在还不是时候，也不能在这里。你是不会得到她的，今天不会，短时间内也不会。

她存在，她存在，她存在。

致 谢

感谢威尔。

感谢玛丽-安妮·哈灵顿和维多利亚·霍布斯。

感谢凯茜·阿林顿、莎拉·拜赞、耶蒂·兰布格雷茨、乔治娜·摩尔、黑兹尔·奥姆、维姬·帕尔梅、艾米·珀金斯、芭芭拉·罗南，以及火绒出版社[1]的所有人。感谢珍妮弗·卡斯特、薇琪·狄龙、伊莲娜·弗雷，以及 A.M. 希斯文学代理公司的所有人。

感谢我的父母，他们解答了我的疑惑，还提供了相关档案；感谢我的姐姐，她为我讲述了她记忆中我们的童年往事；感谢莎拉·厄温·琼斯，我和她就回忆录的性质这一话题展开了多次交流，这使我感到安心；感谢露丝·梅茨斯坦，她又一

1　火绒出版社（Tinder Press），阿歇特图书出版集团英国分公司（Hachette UK）旗下文学出版子品牌。

次为我的最后一稿给出了无与伦比的指导意见；感谢鲁斯塔姆·阿尔-夏希·萨尔曼教授，他给我提供了神经系统方面的相关建议，并且做了相应的校订工作。

我会永远感谢下列人士，感谢他们对我女儿给予的专业指导、同情与支持：亚当·福克斯医生（在我们家，他一直被称为神奇的福克斯医生）、于尔根·施瓦策教授、苏珊·布朗、护士长洛女士和位于劳里斯顿广场的皮肤科团队、黛西·多诺万、弗朗西斯卡·莫顿、苏珊娜·蒙托亚-佩莱斯、夏洛特·威尔森、洛娜·威尔斯，维维恩·麦凯及卡伦·福特。你们每一个人，都让她的人生大不相同。

本书的部分收入将捐给以下慈善机构：战敏协会（Anaphylaxis Campaign），该协会为那些严重过敏的患者提供支持，并呼吁当局对他们给予帮助；医疗犬组织（Medical Alert Dogs），该组织通过训练犬类来帮助那些有生命危险的病患。

图书在版编目（CIP）数据

我存在：十七段与死亡擦肩而过的经历 / （英）玛姬·欧法洛著；
刘雅娟译.—武汉：武汉大学出版社，2022.1
书名原文：I Am, I Am, I Am: Seventeen Brushes with Death
ISBN 978-7-307-22727-9

Ⅰ.我… Ⅱ.①玛…②刘… Ⅲ.回忆录—英国—现代 Ⅳ.I561.55

中国版本图书馆 CIP 数据核字（2021）第 238353 号

本书原名为 I Am, I Am, I Am: Seventeen Brushes with Death，作者 Maggie
O'Farrell。本书中文简体版由 A. M. Heath & Co. Ltd. 公司出版，通过安德
鲁·纳伯格联合国际有限公司（Andrew Nurnberg Associates International
Limited）授权武汉大学出版社出版。
版权所有，盗印必究。

责任编辑：赵 金 黄建树 装帧设计：郑元柏
出版发行：武汉大学出版社（430072 武昌 珞珈山）
　　　　　（电子邮箱：cbs22@whu.edu.cn 网址：www.wdp.com.cn）
印刷：湖北金海印务有限公司
开本：850×1168 1/32 印张：9 字数：163 千字
版次：2022 年 1 月第 1 版 2022 年 1 月第 1 次印刷
ISBN 978-7-307-22727-9 定价：58.00 元